愿时光待你好

TIME IS WILLING TO STAY.

画眉 著

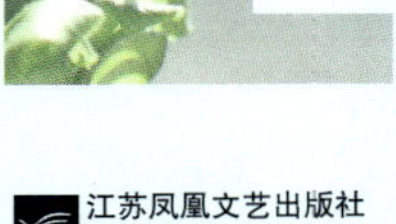

江苏凤凰文艺出版社
JIANGSU PHOENIX LITERATURE AND ART PUBLISHING, LTD

图书在版编目（CIP）数据

愿时光待你好 / 画眉著 . -- 南京 : 江苏凤凰文艺出版社 , 2014

ISBN 978-7-5399-6766-0

I. ①愿 ... II. ①画 ... III. ①散文集 - 中国 - 当代 IV. ① I267

中国版本图书馆 CIP 数据核字 (2014) 第 257974 号

书　　名　**愿时光待你好**
作　　者　画　眉
出版统筹　黄小初　侯　开
选题策划　柯　伟　杨学会
责任编辑　姚　丽
特约编辑　胡永刚
责任监制　刘　巍　江伟明
出版发行　凤凰出版传媒股份有限公司
　　　　　　江苏凤凰文艺出版社
出版社地址　南京市中央路 165 号，邮编：210009
出版社网址　http://www.jswenyi.com
经　　销　凤凰出版传媒股份有限公司
印　　刷　北京大运河印刷有限责任公司
开　　本　880 × 1230 毫米 1/32
字　　数　150 千字
印　　张　7.5
版　　次　2014 年 12 月第 1 版，2014 年 12 月第 1 次印刷
标准书号　ISBN 978-7-5399-6766-0
定　　价　36.80 元

放慢脚步，深嗅花香，尝足每一粒粟米的滋味，
记得清晨以及黄昏，不同光影下爱人瞳孔的色泽。

外面阳光很好，天高地远，花木葱茏，海水正蓝，
我们走吧。

如果真心期待一样东西，
需觉得自己配得上，才有一亲芳泽的可能。

只有心怀善意与梦想，希冀看到美好未来，
眼中才会散发春日桃花般的灼灼光彩。

每当吃饱喝足，双手拎满漂亮的购物袋，打车回到一个人的家，
我都身心安好，以为这是我生命中最好的时光，之一。

不曾一个人住的日子，
跟不曾深夜加班、不曾一个人旅行一样，也不足以言人生。

很多时候，我们错过，不是因为不够努力，而是用力过猛。

有些人适合相濡以沫，有些人适合相忘于江湖。

每一个在生命中出现的人，都是上天派来度我们的佛。

多一分则成暧昧，少一分则不成隽永滋味。

分，难过；不分，却又处得如此晦涩。

亲爱的，自从相遇的那一天，我们就已开始为分别倒计时了，
而此刻你们都安在，我该如何表达我的涕零感激？

目录

玫瑰从来不慌张

如你所料，看到这句法国谚语时，我的眼光一下就被吸引住了。没错，这缘于缺啥补啥。穷人家的娃，对李有财、张大发这样的名字特别喜闻乐见。

写下这个题目的时候，正是清晨。院子里，天堂鸟正在安静地怒放，我刚从一场兵荒马乱中走出来。

为什么呢？亲爱的，不说也罢。多半当事人以为天塌地陷的情节，在旁观者看来，都像一坨隔夜的豆腐渣，提不起，更不值提。连祥林嫂那样事关生老病死的天塌地陷，多说两回，都成了笑话。

令人类憎恶的蟑螂会灭绝吗？还有苍蝇、蚤子，或者老鼠？它们的存在甚至比人类的生存史还要漫长。实话说，我倒越来越有点喜欢上这种只要活着就永远脱不掉的各种折磨。没有噩梦，你永远不知清晨天堂鸟上的露珠多有么美丽。

玫瑰从来不慌张。如你所料，看到这句法国谚语时，我的眼光一下就被吸引住了。没错，这缘于缺啥补啥。穷人家的娃，对李有财、张大发这样的名字特别喜闻乐见。

每当有人赞我说："画眉总是不疾不徐、优雅可人……"我只好暗自窃笑，"哈，这说明，虽然我很喜欢你，但你还没进入我真正的朋友圈。"了解我的朋友都知道，曾经我的特长之一，就是慌张。当然，这也算不得什么，因为真正心无挂碍、没有惶恐，那得是佛。

科学家曾做过一个实验：将两组猪分别赶进迷宫，出口处放有美食。只是令第一组猪处在慌乱的情绪中，第二组猪处在安和的情绪中。第二组猪很快找到出口，吃到了梦寐以求的美食。第一组猪却在不断地撞墙中越发迷乱，以情绪崩溃的失败告终。

亲爱的，你打算何去何从？

虽然深谙我的玻璃心，但诤友炳青还是不止一次地回望我们初见的情景："这女孩嘛倒还漂亮，可为什么神色那么凄惶？"大约是，虽然见多识广，炳青同学仍被我一脸因日夜奔波忙而引发的张皇给震住了，久不能忘。

面对质疑，我已从起初尴尬地掩饰性傻笑，进化到如今安然地会心一笑。因为我越来越知道，这是为什么。

小时候，永远被我爸催得屁滚尿流。赶飞机也就罢了，刷牙，洗脸，吃饭，穿衣服，做作业，上床睡觉，起床上学……仿佛永远有根鞭子在头顶舞得啪啪作响——快，快，快，不然……哼。

4 岁时，我爸还真做过一根鞭子，说是给我当玩具的。鉴于手巧，那根小鞭子做得精巧美丽。完工后，他在我眼前忽忽挥着，边笑嘻嘻地说："以后不乖，就拿这个抽你。"当然，这是玩笑。虽然他生气时，还真举着那根小鞭子威胁过我，只是在一次搬家后，那根玩具鞭子不知所终了。

我大大松了口气，但还有一小口悄悄地郁结在胸，久久不能消失。我疑心，那根鞭子虽然肉身已逝，但精魂一直都在。每当我爸在背后一叠声地呼号"快快快"的时候，我都能听见它尖利的呼啸声，从而手忙脚乱、心神恍惚，越发呆滞、迟钝起来。

不，我并非在推卸责任，一把年纪仍将一切磨挫归咎于成长，只是追本溯源才能对症下药。我们必须弄清楚，一个个原本笃定的婴孩，是如何堕为一个个焦灼的成人。

问题的根本在于，为什么一定要那么快呢？

不迟到自然是很大的优点，但红头胀脸提前好几个钟头赶到机场，杵在人丛中气喘吁吁，就是唯一的模范活法？

生命有限，时不我待？既然如此，不应当更加放慢脚步，深嗅花香，尝足每一粒粟米的滋味，记得清晨以及黄昏，不同光影下爱人瞳孔的色泽？

今日事，今日毕？大多数所谓正事，当真值得我们耗费生命中最美好的时光严阵以待？

终究是为求“好”吧。但究竟什么才是“好”？貌似一直以来，我国男人的至高理想是“升官发财死老婆”，而女人的理想则是嫁给兑现了这理想的男人……你确定自己想过这样的生活？

当然，我的慌乱还来自深入骨髓的乖，或者说讨好型人格。我希望别人称赞我，更担心别人不称赞我，遂每时每事心怀忐忑，唯恐丢脸——“别给我丢脸了”，亦是我爸打小孜孜赠我的座右铭。在不知道自己是谁，无法给予自己足够尊重，从而只得仰仗他人脸色的时候，只能这样如履薄冰吧。

好在，南墙撞遍、洋相百出之后，我终于渐渐懂得——

①越是真，就越安静。

高一时，一次运动会前夕，班主任忽然告诉我，他“替我”报名了110米跨栏比赛。我非常吃惊。我的体育成绩从来平平，我于“运动员”三字，就像凡人之于天上的星辰。但我是班干部、好孩子，怎么可以违逆老师。

于是，在完全不知跨栏为何的情形下，我仓促上阵。结局可想而知，在好容易踉跄过数道栏杆后，我踢飞一道（脚超疼），义不容辞地摔了个大马趴。那是在全校师生的众目睽睽之下啊——其中还有我喜欢的男生，一个死要面子活受罪的14岁女孩就那样心慌如焚地趴在地上……

虽然摔得五迷三道，还是不禁有点诧异：为什么我没有像从前一样去给运动会组委会投稿，写一些励志打油诗，让我和我班级的名字响彻校园？

谁让这位班主任是物理老师，对我的特长一无所知。而我，对自己也一无所知。

不懂做真我的人，活该血流如注，心乱如麻。

②除了放下我执，人生这迷宫没有别的出口。

不知怎么那么寸，打小师长们纷纷拿贝多芬“扼住命运的喉咙”的伟大故事来激励我，说贝老师虽然患有严重耳疾，但仍然坚持与命运做斗争，从而取得不菲成就云云。

可是，当我比葫芦画瓢如是三番，却发现我能扼住的东西很少——少得可怜，多半所得都是水到渠成而已。如果妄图心想事成，则必是竹篮打水。

我越来越疑心：贝老师真的扼住命运的喉咙了吗？他在音乐方面如此才华横溢，难道不是老天赏饭吃？他如此愤世嫉俗，因此罹患严重躁狂型抑郁症，老年陷于赤贫，不得不借债度日，当真只能怪命运不公？如果能够对命运稍许容纳，比如接受自己患病的事实、不要听不见装作听得见，一生暴烈的贝老师会不会走得更顺畅些，从而取得多一些成就？

也许对艺术家来说，文章憎命达。但是，如果不具备贝老师的绝世才华，又没有勇气或能力承重那么多苦难，还是跟命运握手言和，而非横冲直撞的好。

③亲爱的，外面没有别人，只有你自己。

给宝宝讲李欧·李奥尼的知名绘本《亚历山大和发条老鼠》，看到一句话，几乎笑出声来——Everybody love me.（人人喜欢我。）

这是我等讨好型人格的死穴啊——即使有 99 个人爱你，但有 1 人踩你，便以为天塌地陷。我是好不容易历经九九八十一劫，才有勇气说出那句美好的宣言："关你 P 事。"

其实，那 99 份善意，也不过是对方因为透过你碰撞到了内在的自己，与你本人半毛钱关系也没有。不要再自作多情了，你，只需看顾好自个儿那一亩三分地。

④看主流，不被细节绊倒。

追忆之前马不停蹄的心慌意乱，发现绝大部分都是因为羁绊在无谓的细节上。自从学会"看主流"，我发现世界其实待我不薄。

这偷师于我的先生和蓝颜同学（关于我的私人情感生活，本书可是头回透露哦）。有人说，男人就是功利，目的性强。但是，女人做事容易走神，动辄忘记初心，从而失去抵达目标的机会——也许这就是"这世界终究是男人的"的底牌。

亲爱的，还记得你来这世上，是做什么的吗？

⑤今时令时。

我的大女儿叫今时，小女儿（感谢上天，下个月我就能见到她了）叫令时——今时令时，意即：当下是最美时光。

如果没有穿越神功，过去也好，将来也罢，跟现在毫无干系。如此简约的道理，自诩聪明的人们硬是揣着明白当糊涂。

鉴于我拥有一位专擅沉浸过去、忧心未来的老爸（关于该爹的光辉事迹，本书中亦有大肆渲染），而我又被他老人家教诲得一等一地乖，许多年来，我一直是“念过去畏将来”的翘楚，难怪成天凌空蹈虚慌不择路。

颠扑不破的实践证明，我的慌张史充满无谓的杞人忧天。即使当真天塌地陷又如何？假如没有勇气以命相谢，所有的惊慌、畏惧都是笑话，还是老掉牙的那种。

自从拎清如上五条，或者说自打以“脚踩西瓜皮，滑到哪里是哪里”为箴言，决心安然接受正在发生的一切，我忽然发现眼前亮堂许多，从前以为不可走的许多路也忽然通畅起来。

毫无疑问，我仍然时常惯性地想要扑向惊慌失措的怀抱。好在我亦以为这是应当，从而像陪伴一头受惊的小鹿，或安慰一匹受伤的烈马，心平气和地与慌乱相偎，静静地等待它恢复平和，重新拥有生命本来的灵性和力量。

宝贝，我是你爸爸（上）

尽管自从我 15 岁进入青春期，他的意见与我的意愿便没有过任何交汇之处，但是，女儿出生后，我给她买过许多美丽的绘本，足有数百本吧。其中唯一买重的一本，名字叫《外公》。其实，潜意识才是人的真实想法。

我还记得是 20 岁生日那天。

初恋男友在他的学生宿舍，屏退所有舍友（嗯，这说明他人缘还不错），为我举办了一个小小的私密生日派对。

礼物自然是有的，但我已经不记得是什么了（这充分说明我对物质绝不依恋，哇哈哈）。只记得熄灯后，那在黑暗中渐次亮起的二十抹星光。男友循俗说，许个愿吧。于是，我依言闭眼，装模作样地双手合十……

的确是装模作样。因为接下来，我惊悚地发现脑子里一片空白，竟然完全不知道该许什么愿。

不，也不完全是空白。确切地说，上半部分委实是空白的，就像当年鲁迅冬日回乡时望见的天空，青灰、萧瑟，连只麻雀都不见。而下半部分，是一些同样青灰色的半透明凝冻样物质，静静地淀在那里，稠密度应该比较大，但成分相当不明。

不知怎么，我有点恐惧了解那下半部分不明物。我快速地把目光掠过去，面向上半部分的一派空茫，匆匆地许下同样空茫的愿望：我要幸福、幸福、幸福……

那么，究竟什么是幸福呢？持续得奖学金？在校园各种才艺比赛中蝉联大奖？和初恋男友“永远”在一起？一举通过英语四级？再次被同学们无记名投票为“校级优秀团员”？入手一件美到心碎的蓬蓬裙？拥有一份“收入不低又不太辛苦的稳定工作”？……

也许吧，我确实弄不清楚，何况也没空深究。吃完蛋糕，我要穿着新置的绿色薄呢格子伞裙，和男友去参加一个舞会。彩灯下长裙子平平地旋出去的样子，可好看了。男友人也不错，不拒绝其他男士邀请我跳舞。当然，他也可以跟其他女生跳。这样我们都会放松些。

一切看起来都还好。从小到大，我一直是小圈子里的“风云人物”：出身体面的高知家庭，长得不丑，学习成绩名列前茅，具备一些才艺，喜欢打扮且反响不错……从班主任到小伙伴，投来的全是欣赏的眼光——还有必要要求一个女人更多吗？这个女人还有必要要求更多吗？

只是……如果不能够出风头，比如在舞会上，没有一位接一位的男士前来邀请我，我就会不开心、张皇、犯嘀咕——今天我穿得不对？脸色不好？

难道那句“大一土，大二娇，大三大四没人要”的谶语是真的？或者我根本一点也不好看？……这种状况虽不会总是发生，但发生一次，就坐实“这个人其实不过尔尔”的自我认知感一回。

但这些鲜花着锦全没有用，因为有一个人对我强烈不满。见到我很少有好脸色，倒是挑剔甚至臆想起我的错来，犹如卖油翁行云流水。他对我的主要不满有……让我想想……总有二十七八九条吧。

兹拣再三强调者举例如下：

1. 不听话。多年来他不厌其烦四处跟人分享养女儿的经验：“女孩还是14岁以前好，叫干什么就干什么，听话得很。唉，14岁以后就不行了，就知道跟你对着干。”

2. 不努力。他认定我是聪明的，如果没有考第一名，一定是因为不努力，“成天就知道看电视、看闲书，脑子里不知道胡思乱想些什么，心早就散了，就想着谈恋爱。”

3. 爱打扮。每当得知有男孩子向我示好，他都会暴跳如雷地说：“你看看你打扮的，嗯？”他最欣赏的女孩是他一位老友的女儿，“你再看看人家小燕，人那么漂亮，可为了不招蜂引蝶，成天穿一身蓝布衣裳。”我听出来了，他的意思是：①我长得不漂亮。②不漂亮却很轻佻，企图靠打扮来招蜂引蝶。③男孩子全是被我花哨的打扮吸引来的，我本人毫无价值。

4. 毫无自制力。他多次当着我朋友（有男有女）的面历数我的种种短处也就罢了，有一回居然当着一位对我有好感的男士说：“幸好让她留在我身边，要是放她一个人去外地读大学，现在……哼，没准已经堕过胎了。”我当时吃惊得忘记了羞辱，只是像历次被他冷嘲热讽一样，无力地默默垂下头去。只是这个场景多年来历久弥新，一直追随我鞍前马后，时不时跳出来劈面给我一个兜着北风与冰碴的大耳刮子……

——也许最糟的是：从小到大，这个对我没有一处看得上的人，是我的偶像，不，是我的神。

我屡屡被告知，我一生下来我妈就没有奶，也就是说，我这辈子没有吃过一滴母乳，基本是我爸喂大的，“半夜你一哭，就要从热被窝里爬起来，重新捅开炉子冲奶粉或煮奶糕，一口一口喂你。”

没有我爸，我早饿死了吧？这是怎样的恩重如山？当然我妈半夜肯定也挣扎着爬起过很多次，但她向来不如我爸存在感强烈。就算她多年来上班之余，包圆我家一日三餐以及清扫洗涮等一切基本家务，可似乎还是我爸是这个家的顶梁柱。

小时看顾过我的大表姐，更曾多次谆谆告诫我爸说：“正吃着饭呢，你在床上忽然拉了，你爸放下饭碗就冲过去收拾，还仔细左瞧右看。回来一边接着吃饭一边高兴地说：‘不错不错，便便很正常。’——长大后你要好好孝顺你爸啊！”

心理学家称，很多人自诩童年多么快乐，那是在自欺欺人，因为他们搜肠刮肚却找不出哪怕三五个感受到父母之爱的细节。放下那本书我想了想，除了上述我表姐的告白，倒也没太费力，我就又找出好几个：

1. 有一回晚上我爸出差回来，兴奋而神秘地把我叫进一个小房间，关上灯，只听“砰”的一声，我眼前绽开一大团艳丽无比的烟火，那是一个 4 岁孩子所能见过的世间最美的东西。然后他把灯打开，看见我快乐到瞠目的脸色，得意地给我看他手里艳丽的空锥形纸壳，告诉我说：“这叫做拉炮，好看吧？”我迄今觉得，那种烟花燃尽后淡淡的硫磺味，就代表幸福。

2. 小学一年级，学校组织“科学小发明比赛”，我爸带着我在他的实验室里敲敲打打，又锯又锉，制出一盏非常精致的小台灯。这盏在当时颇为“高科技”的小台灯，之所以后来在比赛中只获得二等奖，是因为快要完工时他出差了，把最后一道粘灯罩的工序交给我妈帮忙，可我妈实在手拙，把灯罩粘得配色难看、形状可疑。我能不因此更加仰慕我爸？

3.7 岁时我得急性肾炎入院，深夜睡得正沉，有什么东西冰凉地在我脸上拂过，睁眼一看，是出差连夜赶回的我爸的手。他脸色既焦灼又清明地说：“元元，你好点了吗？爸爸妈妈一直都在，啊。”他还给我带来一本我最喜欢的儿童杂志《小朋友》。那一夜，我抱着那本《小朋友》，睡得像在开满兰花的幽深山谷里一样宁静。

4. 我妈出差，不擅烹饪的我爸领我去下馆子，然后带吃得心满意足的我去看美术展。这些异于日常生活的小惊喜，是妈妈所不能给的——我小时候去过的好玩的地儿，基本都是我爸带我去的。

5. 初二时，有一天下课后，我参加完舞蹈练习，赶上自行车坏了，只好步行回家。天已黑透，正又冷又累又怕，忽然听见有人远远唤我的名字——原来是我爸来接我了。穿上他带来的厚外套，坐在自行车后架上跟他唠叨学校里的趣闻，我身心温暖……

——好吧，我承认，以上美好画面都发生在我 15 岁之前。虽然那时候我爸也会跳起来拍着桌子呵斥我的过失，甚至偶尔企图动手打我，可我都坚信：他这全是为我好——他也是这么宣布的。

记得小学升初中时，我考了那所重点中学的第 7 名。但我爸不知听谁说，我考的是第 12 名，于是专程回家指着我的鼻子骂道："你给我等着，我现在就去学校看榜。如果发现你骗我，绝饶不了你。"

我又惊又惧，以至于都忘了愤怒——他宁可相信不相干的"别人"，也不相信他唯一的女儿。他摔门走后，有好几分钟，我都疑心是不是发榜那天，自己看走眼了——我爸，我的神，他怎么会错呢？

一小时后，他兴冲冲进门，笑嘻嘻地说："没错，你是全校第 7 名。昨夜暴雨，高中录取榜都被雨冲烂了，幸好风向没冲着你们初中部的榜单。"

见他重现温煦笑容，我大大松一口气之余，心里也有一丝小担忧——如果风向正好相反，写着我名字的榜单被雨水冲烂，今天他会不会赶我出门？

之所以不惮长篇累牍，企图厘清我爸的心路，完全是因为——尽管自从我 15 岁进入青春期，他的意见与我的意愿便没有过任何交汇之处，但是，女儿出生后，我给她买过许多美丽的绘本，足有数百本吧。其中唯一买重的一本，名字叫《外公》。其实，潜意识才是人的真实想法。

为女儿念到书中外公常坐的那把椅子有一天变得空荡荡的时候，有什么东西涨潮似的不管不顾奔上我的眼睛……小小女儿与我有着天然的共情，见我泪盈于睫，也转过头去不说话。我知道，她的眼睛必也湿了。

我抱起她，紧紧地搂着，一边努力克制情绪，一边想：如果我隔三差五地对她吼，对她显出鄙夷的神色，不管不顾往她身上贴各种标签：你不听话、你不努力、你长相平平、你轻佻放浪、你自私狭隘、你前途堪忧……你根本就是个坏女孩——这个花朵般的小生命会如何反应？

惊诧？痛苦？自卑？绝望？负重累累？缺乏勇气？迷失自己？四处撞墙？放弃对于幸福的感知和追求？

亲爱的宝贝，尤其15岁以后，你妈就是冒着这样的炮火长大的。不过还好，有15岁以前感受到的那些爱垫底儿，你妈虽然殚精竭虑、面如土色、神思恍惚、气喘如牛、两面三刀，然而，总算熬过来了。

宝贝，我是你爸爸（下）

一个好的教养关系，应当在孩子14岁以前已经完成。如果过了18岁，甚至过了28岁，父母还对孩子指手画脚、喋喋不休，那真是做父母的至大失败。与其说是父母对子女不满意，不如说是父母对自己本身的人生不满，且乏力改善……

作为一名已婚妇女，周末照例挈夫将雏去看父母。

说好晚上吃火锅，可没有芝麻酱了，丈夫自告奋勇去超市买。天气很好，阳光透过飘窗慷慨地洒了一地，十几种菜都洗好切好摆好了，屋子里暖融融的，我蜷在沙发角落翻朋友的微信。

家里的阿姨把我爸专门给妞买的小自行车找了出来，打算和我爸两人合伙教她骑。进入3岁以来，妞个子长得很快，两只小脚丫踩在踏板上，不长不短正合适。一切都很美好。

直到听见我爸气急败坏的声音："跟你说了踩完左脚再踩右脚，两只脚轮流踩，你怎么就一只脚用力？哎呀，不是那样，是这样。哎呀，又错了……我说你这孩子，协调性怎么那么差。"

我忽地抬起头来，同时感到有股闷气砰的一下充满身体胸下胃上的位置，有一些甚至热热地冲上鼻子——深呼吸一下，我带笑说：“爸，您能不能不给孩子贴标签啊？”

话一出口，我有点紧张地看了我爸一眼。在我家多年、相当了解我爸的阿姨，显然也有点局促……运气真不错，我爸竟没有当场变脸，而是略带讪讪地说：“你小时候，我用手一压你的脚，你就知道怎么骑了啊……”

欺负我爸听力不佳，我小声嘟哝道：“妞不是我，我也不是妞好不好？有什么可比性呢？”

那一天，女儿跟我格外亲。我紧紧抱着她香香软软的小身体，就像抱着多年前刚被我爸厉声斥责过的小小的我……在物质上对一个人特别好，在精神上对一个人特别严厉，乃至苛责——而这人是个尚不知自己是谁、更不知世界底线在哪里的小孩，结局会是什么？

反正少女时代的我，走路惯性地含胸。无论有多少人对我怎样赞美鼓励，都反弹在我心房门口那堵坚硬的石墙上，墙上镌着几行青色冷峻大字：你长得不如邻居家小娟好看，更不如小丽——你看人家白白胖胖、双眼皮、大眼睛。

偶尔考一次全年级第一根本算不得什么。就算你次次考第一，你在全市、全省、全国又能排第几？

女孩子根本不可能超过男孩子。
被很多男孩子追？说明你自己不正经。
女孩子一过 25 岁就老了，贬值了。
……

大学时，我妈开心地拿着一篇我发表在报上的散文给我爸看，兴奋地说："我图书馆的同事都说写得不错，有灵气。"

我爸漫不经心地拿过来，一副好不容易耐住性子的样子看了两分钟，抬起头——天哪，我紧张地偷偷盯住他……

只见他将那张载有我处女作的报纸顺手丢在茶几上，淡淡地道："也就写着玩吧。想要靠这个吃饭？"他的脸上现出惯有的讥诮神情，从鼻孔里哼了一声，轻轻摆了摆头。

他在拿我和谁比较，托尔斯泰还是歌德，抑或他所欣赏的女作家程乃珊、毕淑敏？我当然自知不是天才，可我真的非常迷恋文字的神奇力量。爸，就算您眼光深远、眼界高尚，但能否不对着女儿的处女作一脸冷漠？

哪怕说一句"虽然不是这块料，喜欢写点小东西总比成天游手好闲强"，我也会感激涕零，起码终于有一件我做的事您不反对了。

可是，他马上站起身，拿起桌上的打火机，回房间去了。

我的心像被从泰坦尼克号上推下去的行李箱，一点点沉入无光、无垠、漾着冰山的海水。任由海水透过缝隙一点点浸湿我本应保护好的行李，甚至来不及绝望。

但即使对着他的背影，我依然惯性地赔着笑脸，不敢令自己现出“我不同意你观点”的表情。

许多年后，当已经超过 30 岁的我，在失眠的深夜里，对着电话那边的好友浮白讲述上面的场景时，仍不禁牙齿打战。这话题如泥石流，一旦崩开就无以阻挡。

“就上周，在我新买的复式房子里，看着我新置的水晶吊灯，他默默不说话。我在一边就有不祥预感，心里直发毛。果然，他转头看着我说：‘就算你现在（日子过得）还可以，但以后呢？ 40 岁以后怎么办？’我喏喏地说：‘40 岁以后，我就是主编了吧。’他惯例摇头，脸上又是那种熟悉的讥诮表情。我太难受了，他这辈子就没说过我一句好话……”

浮白笑了起来，回道：“画眉同学，面对现实好不好？你已经不是那个无法自救的小孩子了。他说归他说，你听着就是，为表孝顺顶多再答声‘好’——谁规定你对他的话必须入心入髓？作为成年人，咱应该有能力把握自己的悲喜了。”

我头顶的黑寂夜空，似乎啪的电光火石了一下——虽然瞬间又熄灭了，但我为此感激浮白一辈子。

是的，积年有功，即使已经年过三十，但我仍然惯性地看我爸的脸色。记得有一回我升职加薪，他有生以来第一次主动发短信给我表示祝贺，当然少不了还有鞭策。为此，虽然我内心并不那么认可那份工作，但仍然瞪起一双空茫的眼睛奋力去做。

他对我的婚姻貌似不甚满意，他和我妈就去过我们的新家一回，还趸着一张脸，连饭都没吃就走了。那么，我只有……换人？

臣服，这已是多年来无形而坚牢的家规。就像冬冷夏热、桃红李白一样宛若天条。打破它？别说言“不”，就是讨喜的表情没有跟上，我爸也会当场黑脸。

维持现状？为什么在别人眼里我是“幸运颖异女子”，却很少能感到放松与安宁带来的持久喜悦？我究竟在焦虑什么、害怕什么？担心一旦破冰，这个家会散掉，我将失去这世上唯二与我有直系血缘关系的亲人，甚至会触怒这个世界，令我连眼前这点可怜的立足之地一并尽失？

我来不及多想，每天被这座外表光鲜内里破旧的都市战车哐啷啷拖着四处应战。直到有一天，坐在偌大的复式房子里，我发现自己除了还能喘气其余一无所有——就算你们说下天来，说我如何能干努力优秀成功不麻不丑什么的，我就是自以为一无所有。这是我自己感受到的、坚持以为的、不打算收回的，您爱怎么看就怎么看吧。

因此唾弃我、冷落我，当我是氮气、狗屎、千古逆贼……随您。
如果……我爸知道我此刻的感受，会怎么想？
呵，我太累了，对不起老爸，我顾不得您了。您保重。

于是，我在微博故作冷静地写：

** 一个好的教养关系，应当在孩子 14 岁以前已经完成。如果过了 18 岁，甚至过了 28 岁，父母还对孩子指手画脚、喋喋不休，那真是做父母的至大失败。与其说是父母对子女不满意，不如说是父母对自己本身的人生不满，且乏力改善。*

** 有时候，对父母也要斩断情丝，理性相待。倘不如此，很可能被一同拖下泥潭。唯有自保，才能助人。*

——博得大片叫好。有人问我何以洞察若此，呵，因为是夜，我仍在奋力切断着每一丝通向我爸的牵连，只觉像条自断手足的蜈蚣，永远切不完地切着……哀足遍地，血沫横飞，痛彻心肺，目瞪口呆。

但是，别无选择。

我承认，常常痛得眼前发懵地好容易切断一条腿，却立刻又有十条葳蕤有力地生出来……但在持之以恒地切除或者说死磕下，我渐渐发现，我竟渐渐有了些许梦想中蚯蚓的雏形——

起码我不再纠结他和我妈的相处模式。他们爱怎么吵就怎么吵，怎么吵也分不开；爱互相折磨，爱涉嫌肉麻地体贴入微；爱控制，爱被控制；爱互相瞧不上，爱将来死后躺进同一个石椁……都是他们两个人的事。我除了祝祈，没有别的义务，也没有别的权力。

我不再接受他对我的评判。而且是任何评判，纵然有矫枉过正之嫌，总好过窒溺于陈腐的过往。我感恩于身体里有一半来自他的血脉，但我们当然不是彼此。

——谁和谁都不是彼此。

15 岁以后，对于我的人生指手画脚，是他蒙昧的越权。对于他指手画脚的奴性屈服，是我蒙昧的懦弱。就算是所谓赞美也不要——他以为的好，亦与我无关。

跳出深邃到可怖、漫长到可耻的圈囿，我发现自己比任何时候都爱他。

探头张望，我遥见一个无助的小男婴，刚出生就因战火纷飞而躲进深山，一双小小的、干净的眼睛在旷野间张皇四顾，映下的全是大人的愁容、稚童的哀嚎。逃难中更被 6 岁小堂姐不慎压在身体下几乎窒息，被发现时已面色青淤，没有了知觉……

严厉的父亲从未给过他好脸色（估计这位老父从小也没得过好脸色），他越发立志要强。或者说，立志讨好他父亲所代表的“正大光明”。胜在够聪明努力，他一路走得还算畅通，从乡村走出的他，读了知名大学，娶了书香世家的太太，做了教授，获奖无数……

只可惜他很少有真正的快乐，因为就算累死，他也不可能讨好每一个人。何况，即便一个堪称“正大光明”的人，也绝非每一个折射面都完美无疵。

我不大清楚他为什么要将这种羸弱的幸福观，几近暴虐地加冕于他唯一的女儿——讨好了大半辈子，他已经不会别的姿态了？

现在的我只想飞身回转，去泛黄时光里抱一抱那个被孤独地搁置在荒野马车上的婴儿，并且抚一抚那个被严父吼得泪都不敢流的小男孩焦灼的脸庞……

看过一个视频，久不能忘——宝宝在母腹中的每一天，爸爸都会对着妈妈的肚子温柔呼唤："宝贝，我是你爸爸。"宝宝出生后啼哭激烈，爸爸探头轻唤"宝贝，我是你爸爸"，小家伙居然一下子就不哭了，冲着爸爸的方向，用七斤重的平生气力，绽出一个硕大的甜笑……

那一瞬间，我流泪了。我不知道我在母腹中时，我爸是否曾这样温柔地呼唤我，但我相信，彼时近中年、渴盼为人父的他，立志想要"做个好爸爸"的心情是一样的。

只是……没错，世上每个孩子都是独一无二的，每个爸爸也都不尽相同，我坚信他们每一位都已竭尽全力——嗯，就像我爸一样。

谢谢你。谢谢我。谢谢我们一起。

小姐，你一个人吗？

后来，我的朋友、畅销书《30岁前别结婚》作者、前洛杉矶副市长陈愉说，“两个”真是太少了，你得“面试”一百个男人，才有找到Mr. Right的可能。我颇觉有理。成天宅在家里吃菠菜米糊，难道指望男人学贞子，从电脑屏幕里爬出来？人家猎头公司找CEO，也得面谈百八十人，才好拍板的。

听一位女友说：“不好意思一个人去饭店吃饭，不敢一个人出门旅行，完全无法想象一个人去电影院看电影……”我像听见我家螃蟹原来是只猫一样吃惊（注：螃蟹是只狗）。

所以说，性格决定命运吧。怨不得她早早结婚，即使屡遭家暴，一个人在房间嘤嘤哭到天亮，也坚决不肯离开。她更不能想象一个人住，漫漫长夜，好歹痛哭流涕时，隔壁房间尚有肇事者在打鼾，也算另一种同盟。

我没有任何哂笑的意思，世间多半不快乐，真不是“换个人、换个地儿就好了”的，每个人都有自己修行的方式。

可惜当时我不懂，便决定换一下试试。

之前读大学被父母勒令走读，一直住在家里。开始工作时，因为被父母许可加入的那家公司离家很近，也是住在父母家。然后很快结婚，两个人住……从来没有享受过一个人住的自由，也不曾经历过一个人住的辛苦。

众所周知，每一朵花的盛开，必要经历许多过程：孕育，等待，发芽，成长，风吹，日晒，雨打，虫噬……少了哪一个，都可能听不到花开的声音。但奇怪，许多父母会自动屏蔽掉诸多基本常识，他们只希望孩子什么都不要经历。换句话说，什么苦都不要吃，就无根无苗，哗的一声凭空开出堂皇如意的花来。

眼见孩子就要枯萎，上天实在看不过去，只好出手——感谢上天给我补课的机会，兜来转去，终于赐我“一个人住”的经历。

想想也是好笑——大学毕业不久就嫁人的我，忽然成了所谓“剩女”。

虽然现在都说“剩女”是个反人类的词，但确实没有另一个词比这两个字更能令大家即刻心领神会我当时的身份。大伙儿对“剩”字的不满，主要是出于对所谓“正常控”的抗拒吧。我倒觉得无所谓，即使人家叫我狗屎，我也还就真不是。

因为曾经横跨“婚”“剩”两界，我想我有资格说：“对于连独自旅行都不在话下的女人来说，一个人的生活也挺不错的，如果不是那么急着生宝宝的话。”

“小姐，你一个人吗？”

那时候，每次去饭馆都会被这么问。虽然单人座的位置总不是太好，没机会靠窗边，但我并没有感觉不适。

牙好，胃口就好，我总是点得气势磅礴，吃得兴高采烈。唯一的遗憾是，大约吃相太坏，起码吃过几十顿一个人的晚餐，居然只被搭讪过三两回，还都不是我的那杯茶。

吃完饭当然最好散散步。对于嗜美者来说，散步的最佳去处自然是冬暖夏凉的商场。

每当吃饱喝足，双手拎满漂亮的购物袋，打车回到一个人的家，我都身心安好，以为这是我生命中最好的时光，之一。

虽然有时候也疑心：我和我的单身女友们打扮得如此好看，为何我们的 Mr. Right 还不出现？男人真喜欢那样严妆工整的女人吗？难道不是一件散发着太阳香气的大 T 恤和一张干净的清水脸，更能够挑动男人心底的柔软吗？

很多时候，我们错过，不是因为不够努力，而是用力过猛。

不过，单身最不缺的就是大把的时间，用来对镜贴花黄最合适不过。妆扮得清洁美丽，与其说是一种优雅的仪式，不如说已成为早晚刷牙一样的习惯，渐渐地与他人无关了。

晨起后，我会做十分钟瑜伽，喝一大杯糙米糊拌酸奶配西兰花。把新置的碎花真丝蓬蓬裙吊牌拆了穿上，身心舒爽地去开会。

会上全是女人——没办法，咱们贵圈，所谓时尚媒体行业，唯有的不到一成男性中，九成是 GAY，仅剩一成也倾向于“娘炮”，只适于做男闺蜜。

算了，还是坦白吧：我彼时的生活，就是公司——家，两点一线。家里是一个女人，公司是一堆女人——“剩女”们之所以被剩，另一个致命的问题是，大家总是同性混迹。

倒也在半途被搭讪过，凑上来递一张纸条，居然潦草写着这人的简历，还有电话和 QQ 号，开过工厂、目前写作啥的。这是事先写好一打，逢见顺眼的便送一张的节奏？勇气可嘉，字丑了点。

这属于不好勾兑，还是对手确实漏洞百出？据说“不容易被取悦”是被剩的根源——嗳，中国男人大都不懂“好车都需要高保养”的基本原理，他们当大爷惯了。

很可惜，虽然也有交往，但我一直对“老外”无感。
郁闷时分，只好请女友们来家吃饭。

女人在一起，自有别一种快乐。为省事，也为单身很少自个儿开伙的女生们多喝汤水总是好的，更为煎炒烹炸的油烟忒毁皮肤，那时我开出的菜单总是煲汤，再加一大盆沙拉。有一回，我煲了三种汤，鲫鱼豆腐汤、猪手花生汤、土鸡杂菇汤，结果很长一段时间被传为坊间笑谈——都是下奶的。

睡前惯例看会儿书。双人床的另一半堆满了书，随手抄一本，从上回折角的地方读起。读着读着眼角发涩，灯一揿便沉沉睡去。

有时也失眠，便开灯去客厅，和螃蟹聊会儿天；或者一边打开洗衣机洗衣裳，一边擦地；要么干脆去书房写会儿稿——记得写完务必洗把脸再睡，电脑屏幕产生的静电会使皮肤附满尘粒。

睡意总会来的，大不了睡到中午，睡醒接着看美剧。干媒体基本不用坐班，何况又没人等我煮早餐。最浩大的远足，是去小区对面的美容连锁机构做个 SPA——机构里自然全是女人。

当然会出门旅行。真的是“说走就走”，想去哪儿就去哪儿，想吃什么就吃什么，想在某处多待几天就多待几天，想买啥就买啥——谁说做“剩女”不好玩？

寂寞？奇怪，大约是我太沉溺于旅行本身，还真没想过寂不寂寞的问题。只是现在回想起来还真有点后怕，一个女人千里走单骑，倘若真被贼惦记上……

虽然很期待男性的好意，好在彼时已了悟：首要功课并不是找到取悦我的人，而是真正有能力取悦自己。如此，方可分享愉悦给这个世界，和亲爱的他——有能力给的人吸引有能力给的人。

总的来说，一个人也挺好。可惜久在兰室尚不闻其香，何况……后海小聚，听见几位单身美女说：“决心明年生宝宝。”问题是，大家都还没有男友。

但是，她们都笑了，说：“不管明年能不能找到 Mr. Right，都要生。”

我在她们依然美丽的微笑中，睇见一抹苍凉。
不是我眼光利。一来，这苍凉太昭彰。二来，兔死狐悲。

看见有“情感砖家”在网上“鸡汤”曰：“你不必害怕，岁月有的是时间让你遇见更好的人。”

转发者众。我很想跟帖说：放 P——女性的卵子“库存”平均 30 万，但研究显示，卵子“库存”的减少速度大大超过先前估计。30 岁时，女性的卵子“库存”平均还剩 12%。到 40 岁时，就下降到 3% 了。

老大，你可长点心吧。
我远没有女友们勇敢，遂决定先帮宝宝找个靠谱的爹。
想起每回出门，好友都笑得鬼鬼祟祟地说：“等你的好消息哦。”
她指的是艳遇。

有时还真有。千里迢迢追到本埠来，只是人在旅途，开启的是另一种频道。彼时与你投契的，回到都市庸常日子中，实在未必。探戈跳得潇洒的男人，不一定有耐心半夜起来给宝宝换尿布。

虽然不好意思也得面对——病急乱投医，我还半推半就相过两回亲（这辈子真就两回，我可以发毒誓）。

只是面对抖得打摆子似的腿，或开篇就炫耀自己赚钱能力的仿佛租来急着还的嘴，即便作为讨好型人才，我也真有点坐不住……出于尊重对方以及从好心媒人的角度，只能说这两盘都不是我的菜吧。

后来，我的朋友、畅销书《30 岁前别结婚》作者、前洛杉矶副市长陈愉说，“两个”真是太少了，你得“面试”一百个男人，才有找到 Mr. Right 的可能。

我颇觉有理。成天宅在家里吃菠菜米糊，难道指望男人学贞子，从电脑屏幕里爬出来？人家猎头公司找 CEO，也得面谈百八十人，才好拍板的。

见一百个男人，化一百次妆穿一百次新连衣裙吹一百次头发打一百次车吃一百顿饭赔一百次笑脸……应该也蛮有趣的，搞不好还可以写本《我与一百个男人不得不说的故事》。

也许这种 Style 适合狮子座女生，摩羯座女生宁愿蹲在家里读一百本书。每个人都得寻找适合自己的路——只得连夜扒拉身边的可能人选。

鉴于职业因素及宅女天赋，其实真没几个。但胜在我为人实诚……呃，兼气质不俗（咳，其中某人某次说过的哦）——也许还跟嗜好打扮得花猫绿狗有点干系？总之，总算还有零星几枚人选，点缀我的寥落人生。

我那时断时续、忽冷忽热联系着的前夫同学，就是在这良辰美景霍地跃入脑海的。

上一回和他勾兑，居然是买第二套房时临时有缺口，跟他小借了一笔。他坚持不要欠条，我坚持依时归还——多么实诚的俩人啊，当初为什么要分手呢？

相对于说，更擅长做。
宅，不知道夜店门朝哪儿开。
轻易不买衣服，要买只买贵的（当然贵到抢钱也不中），并希望老婆亦如此（做梦）。
热爱小孩，不惧烹饪。
爱好不多，无非喝喝茶、养养鱼。
脾气不是没有，好歹知道见好就收。
贼心必有，贼胆略小。
工作稳定，收入尚可养家……

——对于二十多岁的女孩来说，这样的大叔真是好闷好无聊。但对于年过三十、心气不高的女人来说，免可算得上 Mr. Right 吧？

但是，人家是否名草有主？或者，我心已寒？为了未来宝宝有个靠谱的爹，必须豁得出去。

谢天谢地，崇文门马克西姆餐厅，这位大叔只矫情地犹豫了几秒钟，就在我温柔地逼视下，挤了句话出来，说：“那……好吧。”

这说明了什么？除了说明离开之后，他运气也不咋的，更说明咱人品不俗嘛。试想，但凡当初做过什么鸡鸣狗盗之事，回头草吃得哪有这样敞亮和干脆？

嗯，合适的关系 = 合适的时间 + 合适的地点 + 合适的人品。

“剩女研究专家”吴迪说，一段好婚姻，婚前必经 11 个步骤：

1. 相识。2. 约会。3. 确定恋爱关系。4. 发生性关系（可能发生在 1-11 的任何阶段，因人而异）。5. 继续交往深入了解。6. 一起旅行。7. 有结婚意向。8. 见父母。9. 周末同居了解生活习惯。10. 登记（买房、装修、订婚宴）。11. 婚礼（一起居住，共同生活）。

她还说，上述任何步骤都有可能分手，婚前跳过的步骤越多，婚后隐患就越多。

我是同意的。之前在一起，当然有爱情缘故，但私下里我也为了早点离开那对紧张过度的父母……太多步骤被躲懒跳过，根基肤浅，难怪脆弱。

不过，我认为，在上述步骤 1 前面加一个步骤 0，也就是在“相识”前加一段“剩女（或剩男）时光”，婚后的日子会更走得更顺畅些。一个人的时光，会令你拎清自己不可或缺什么、不能容忍什么，从而更明白适合怎样的对方。

更会在摇身为已婚妇女，娃哭狗叫锅溢电话叫门铃响婆婆唠叨，丈夫又不洗脚上床的时候，纵然真挺怀念那段做“剩女”的日子，但因为深知二者每一个犄角旮旯的悲欢利弊，而能够遏制住当场扯出箱子离家出走的冲动。

顶多在第二天扯出箱子，给自己放个假，Enjoy 一下“小姐，你一个人吗”的小憩时光。

地震啦——

容不得我把不祥预感放大、洇深，那人上前一把钳住我的脖子，同时把我的身体翻转成背对他的状态，一边低吼道：“不许出声。我有刀，出声就扎死你。”我乖顺地说：“好，你放心，我不出声。”

三毛写过一个故事，问过好多三毛迷都忘了，可是我记得。

是在她较晚期的一本书《闹学记》里。说是早年她单身一个人住时，夜半酣睡中，忽然被奇异的声音惊醒，睁眼发现一个高大壮硕的年轻黑人正立在她床边……

换了你，会怎样？尖叫、发抖、昏厥，还是乞求？三毛姑娘缓声问：“哎，你是怎么进来的？”

黑人小伙答：“我在你楼下信箱里摸了一下，发现有钥匙（注：钥匙是三毛为晚归室友留的）。上来一试，门开了，我就进来了。”

三毛说：“兄弟，那麻烦你出去吧，记得把钥匙放回信箱。”

她叫他 Brother，于是那黑人 Brother 把两只手举起来，倒退着走出房间。快要出门的时候，三毛又补一句："请你把门带上，谢谢。"

那人把门咔嚓带上，走了。三毛依旧一动不动卧在床上，听他笃笃笃下了楼，走远。这才跳起来扑向门口，咔嚓反锁门，再把桌子、椅子、凳子、衣架等屋内所有能够移动的一切，叽里咣当全堵在门口。再退回床上，躲在被子里，从牙齿到脚尖，不停地抖抖抖抖抖……

时过境迁，三毛写得节制。但对于一个单身女人来说，这真是一个惊心动魄的故事。寂寂深夜，那二人的对峙就像一对哒哒运转的精密齿轮，稍有一息差池，顷刻全盘崩溃。

但大家都会以为，这不过是个故事。我自然不能出其右。曾经很多年，我一个人住，一个人旅行，一个人在古董办公大楼加班到深夜，然后一个人打车回家……我必须叩谢苍天，并将继续环保，捐献二手衣饰，且支教。

我买的第一幢房子，其实有相当大的安全 bug。它位于顶层，有一个小露台，名义上还是建筑面积之外，开发商另外加赠的。这原本是好事，直到有一天，我正在午睡，有个自诩爱我的人，敲响了我卧室的门。

对，你没看错——是卧室门，不是大门。我自是连惊带怒，下巴几乎脱臼。这才知道，从单元公共楼梯平台的小窗，是可以扒墙跳进我的露台的。

然后？然后就可以拉开露台上通往厨房的玻璃门，从容登堂入室了。整桩事件的高潮也许是：自从入住，我就从来没有锁过那扇玻璃门。即使锁上，一锤子砸开也是分分钟的事。如果那一天，敲我卧室门的是个陌生人，我的连惊带怒，恐怕只会让事情更糟。

还有一回，我深夜晚归，因为疲倦，洗完澡倒头就睡。早上起来自然醒，才发现大门居然是半敞开的……幸好我住顶层。当时的对门邻居、一个单身男人不常在家。

没有在深夜里的办公室加过班的女人，不足以言人生。虽然当时的公司在始建于 20 世纪 50 年代的一幢前苏联式高大建筑里，夜深人静时分，拍摄恐怖片绝不需另搭场景，但毕竟想要见鬼也是要看缘分的。

所以原本我对办公楼安全没啥异议，直到看见“CBD 女白领深夜加班，遭大楼保安性侵”的消息……为此给公司保安人员送锦旗的话，确实甚不得体。可是……真不好意思，我确实在心里闪过这个善意而 2B 的念头。

还有那说走就走的旅行。当时我有多得意，现在就有多后怕。无论是在三亚人际寂寥的海滩，一个人住在空荡荡的偌大二层别墅里；还是在大理凌晨下火车，在黑咕隆咚的街道一个人拖着箱子独行；或者心血来潮，飞去成都会一面之缘的泸沽湖团友……

“蓝可儿”事件（注：指加拿大籍华人女孩蓝可儿于 2013 年 1 月独自一人赴美国加利福尼亚州旅行，31 日在洛杉矶市中心的塞西尔酒店失踪，次月 19 日，其尸体在酒店楼顶的水塔中被发现。因其死亡地点离奇，加上其失踪前被监视器拍摄到在酒店电梯内做出一系列古怪动作，因此成为关注焦点）发生后，我向一位女友表示心有余悸，并提醒她关注她那 95 后如花小女儿的独自旅行。作为虔诚的佛教徒，女友淡定道：“没事儿，我女儿一脸正气、心有佛光，肯定能逢凶化吉、遇水架桥。”

嗯，就当是顺带夸我了。当然不会因噎废食，因为一个人旅行实在是天底下最有趣的游戏之一。事实上，现在我时不时地还在玩这个惊喜无限的游戏，但现在我绝不会选择夜半空降在一个完全陌生的地方。

好吧，还是坦白好了：假如不是当真曾经遇险，恐怕我也根本不会质疑，一个女人独自出入时的安危。

我的小狗有多老，我深夜遛狗的习惯就有多久。又没有去很远的地方，顶多走到小区那一头而已。何况不是有保安吗？我甚至在深夜三点多出门遛过我的两只小狗。

所以那一晚，好不容易哄睡宝宝，作为疲惫郁闷的新手妈妈以及独处爱好者，我强烈要求下楼遛狗。

奶牛还好，但她的妈妈螃蟹调皮大半辈子了，很不好对付。所以，我一路都在喊：“螃蟹，回来，回来。”

经过小区运动场的时候，我看见有个人在玩双杠。都十一点半多了，大冬夜的，院子里几乎空无一人，看来这位也是个独处爱好者。

因为实在太冷，我只遛了小半圈就回家了。刷开门禁，我站在单元的玄关里掏信箱钥匙——对付了一整天小宝宝，连当天报纸都没有拿。

说时迟那时快，我刚掏出钥匙，门禁系统还没来得及发出闭合的“嗒”声，单元门忽地就被推开了，一个年轻男人的脸和我正打了个照面——哦，会有邻居这么晚才回来，并且这么巧，在我刚刷了门禁后的两秒钟之内？

容不得我把不祥预感放大、洇深，那人上前一把钳住我的脖子，同时把我的身体翻转成背对他的状态，一边低吼道：“不许出声。我有刀，出声就扎死你。”

我乖顺地说：“好，你放心，我不出声。”
“不许说话，别出动静。”他更紧地勒住我。

我更加轻声地应和道：“好。”不轻声也不行，他箍得我眼泪都要出来了。他再用力些，我就要昏过去了——女儿才几个月大，我绝不能昏。

小狗们似乎低吼了一声，但大约看我老实得出奇，以为我玄关遇故知，咕哝了几声，便也安静下来。这时，声控灯也黑下来。

快午夜 12 点了，有人经过的可能性几乎为零。就算有人来，也会以为我们是一对大冷天找不到地方偷情的狗男女，从而巴不得赶紧逃开——不可能有人来救我。

腰间并没有生硬冰冷的东西——也许并没有刀？我稍微放松了一点。鉴于呼吸困难，只好和他打商量说：“亲爱的，你放松一点，没事儿，没什么大不了的……”

好吧，叫劫匪“亲爱的”是很2B，但我们这一行，见作者管作者叫亲爱的，见老板管老板叫亲爱的，进饭店管服务员叫亲爱的，连男同事都是亲爱的，所以……感谢“亲爱的”，我能喘气了。

“把钱和手机交出来。”

我继续温和可亲地说：“亲爱的，你看啊，我出门遛狗，怎么可能带钱和手机？要不这样，你跟我回家吧，家里有钱，还有手机。”

他没有说话，大约是被我这个2B受害者说得有点晕——原本以为我深夜一个人出来遛狗，必是单身女性无疑，没成想我居然热情邀他来家做客……脖子上的手又松了一截。

他把我的身体翻转过来面向他，说：“没有财？那劫个色吧。”
台词好熟，我赔笑道：“可是我刚当了新妈，没什么色啊。”

他再次结舌。但是，慢慢适应黑暗的眼睛发现，他正颤巍巍地分出一只手，想要扒拉我胸前的羽绒服……我赶紧拨开他的手，继续唠叨：“亲爱的，你还是来我家吧，我可以拿钱给你，真的。”

他不说话，也许实在是不知对这盛邀说什么好——刚当了妈？那家里肯定就不会只有一个人，上去不大合适吧？但是，这女人是不是在说谎呢？哪有当了妈还半夜出来瞎溜达的？

眼见他哆哆嗦嗦地再次伸出手——另一只手已经完全是在虚环着我了。“救命啊……”此时不叫，更待何时。

声控灯应声雪亮，我和劫匪——一个黑衣小伙儿大眼瞪小眼，不知道谁比谁表情更惊恐。

正发愁他会不会恼羞成怒，更紧地钳住我，却见他竖起耳朵，仿佛听到了些什么，忽地夺门而逃……

这才听见我丈夫正咚咚咚冲下楼梯——贼远比你想象的更心虚。我顿时狐假虎威，居然还追出门去好几步，对着那有多快跑多快的黑影大喊：“救命……抓坏人……”

但是，除了旋即赶到的气喘吁吁的丈夫，没有保安的踪迹，整幢楼的邻居也四寂无声。冬天门窗紧闭是一个因素，大约他们以为我喊的那两嗓子，是情侣在吵夜架？

丈夫让我快回家，他去物业调监控录像，并且掏出电话报了警。当然，没有下文。实践证明，只要流的血少于500cc，或丢的钱低于十万元，不报警比报警要划算。

进了家门我才开始发抖。镜子里，脖子上一圈红色勒痕。如果当时我就抖起来，或惊惧尖叫或语不成句，事情将会怎样？

后来，我好几次向亲近女友讲述这件都市里也许每天都在发生的小意外，奇异的是，没人对此有过多兴趣。

也许她们认为这不是什么光彩的事，实在没有办法点赞，所以不知说什么好，顶多应和一句“好危险，以后小心”。就像我从前一样，以为这样的事只会按轻重程度发生在晚报屁股上，或者“法制进行时”里。

但是，如果我果然按照那新手劫匪的思路，当真一个人住；或者那劫匪不是临时起意，而是带刀惯犯——一个深夜被刀抵着脖子押回家的单身女子，下场会是什么？

这件事发生之后不久，我看到一个和上述场景极其类似的真实故事：单身女人去超市采购，路上被一位俊逸小伙子帮忙拎东西，结果被挟持回家。他说只是劫色，配合就饶她命。事完后他让她别动，一边和她聊着天一边去了厨房……

那里有菜刀。电光石火间，她从卧室的床上跳起来夺门而逃——后来才知道，那人是个入室强暴杀人惯犯。除了直觉灵敏的她，其他十几个女人无一幸免，全都遭强暴后被碎尸……

但我仍然信仰：不曾一个人住的日子，跟不曾深夜加班、不曾一个人旅行一样，也不足以言人生。前提是，有自保意识，懂自保常识。

曾经在书里调侃：一个人住，遇见入室劫匪，不妨涂上贝佳斯绿泥面膜，身披白色被单，伸舌静坐即可。但经我孜孜不倦多方民调显示，这法子其实不太保险。因为固然有人见了即刻落荒而逃，乃至厥倒，但也颇有人选择逃逸前劈面剁上一棒子。

哨子？防狼喷雾？女子防身术？虽然聊胜于无，但都是因缘际会才用得上。祈求我佛保佑之外，还是像我现在坚持的吧：

①如果爱好一个人住，尽量选治安良好的社区，以楼下就是派出所为佳。
②冬晚九夏晚十以后，尽量不要单独夜行，更不要独自去 ATM 机存取款。
③睡前记得关好门窗，如无红外线防盗系统，窗台上要放花盆或玻璃瓶子。
④养只爱叫的狗——有条件养大狗更佳。
⑤在这个邻居间大多没什么交情的年代，如果有机会高喊“救命”，远不如大叫“地震啦”更有效，“着火啦”也 OK。
⑥我严重希望，我不过是在吓唬你。

再不吃素就老了

其实，我很想吃素，健康、低碳、环保、仁慈。要是鸡贼成性，担心口腹吃亏，可以选择有海参、鲍鱼、蛋奶参与的“花素”……但是，我已经在穿着方面相当雷人了，难道还要在吃上自绝于人民？那人民还带我玩吗？

我吃素，有天赋。17 岁以前，我几乎不吃红肉。饺子只吃素的，如果是肉馅儿的，就只吃饺子皮。牛羊肉，那一出锅的膻腥味儿，让我连尝一口的冲动都没有。猪肉只吃很少一点红烧肉的瘦肉部分，或者切得极薄、腌制得极入味（基本可以盖掉肉本身的味道）的老北京熘肉片。

家住北方，很少吃鸭鹅。老北京长大的妈妈也不擅长做海鲜贝类，顶多是隔三差五地吃些鸡鱼虾，逢年过节吃点螃蟹。但是，这并没有妨碍我长到一米六五——我爸一米六四，我妈一米五五。要知道，那会儿并没有复合维生素或者蛋白粉什么的营养补充剂。所以，我疑心：人，真的需要按照营养学家们开出的食谱，每天务必吃三两肉吗？

上大学后才发现，我不吃肉跟我妈的烹肉技艺有很大关系。就是食堂大师傅做的肉，也远没有我早先以为的那样腥膻磨牙。相反，有家一度爆得大名、同时也发了大财的火锅店还曾打出“越煮越嫩的牛肉片”的招牌菜——后来才知道这是加了该死的所谓嫩肉剂。

总之，17 岁后我开始吃肉了，但也从没像某些肉食爱好者那样，一天不吃就浑身难受，三天不吃就浑身打皱，一周不吃就基本没救。反而有哪顿饭我竟然吃到 100% 全素，那简直好像做成了什么丰功伟绩——比如挑战了一本厚厚的哲学类书籍，扶老奶奶过了回马路，或者竟从牙缝里挤出一笔小钱捐了出去。

傻子都看得出来：我不怎么馋肉，而且无论从健康角度还是人道角度乃至经济角度，甚至矫情的我不可忽视的时尚角度，不吃肉对我来说起码不是坏事。为什么时至今日，我还是在每日饭桌上，跟乳猪、火鸡以及可怜的鸽子过不去呢?

拿最普通的一桌席来说吧。从头盘凉菜到最后上的饺子之类的饭食，如果只吃素，那只好呆坐到末了，间或吃几茎绿莹莹的清炒芦蒿或白灼芥蓝了，就连豆腐都加了蟹黄。想想看，在大伙儿都举箸大嚼、腮帮大鼓的时刻，只有你一人空悬着一张嘴巴——大张着当然不妥，紧闭着似乎也有点怪。

趁此空当说点异闻讲个笑话娱人娱己？你不怕别人越发拿奇异的眼光睇你？也许还会有爱心人士出来帮衬，说：“哦，原来你吃素，怎么不早说？服务员，来来来，给这位女士添个菜。香椿苗炒鸡蛋怎么样？鸡蛋不算荤吧？”

此时，大伙儿的目光从面前的野生黄花鱼汤里艰难地拔出来，齐齐射向你，仿佛你是个残障人士，又仿佛你不识时务，作为一粒耗子屎坏了大伙儿的黄花鱼汤。

这就是首要问题所在——你乐意，或者说你擅长做少数派，乃至孤独派吗？我曾经以为，擅不擅长两说，我起码胆敢。但念及此，我竟忽然倒吸一口凉气——我已经在穿着方面相当雷人了，难道还要在吃上自绝于人民？那人民还带我玩吗？

当然，吃素的人现在越来越多了，一说吃素大伙儿也不会以为你打算出家，顶多就是觉得你这个人矫情些，下回出来吃饭不带你了就是。要知道，中国人的饭桌虽然以丰盛出名，但大伙儿的心志起码一半不在吃。当你宣布自己吃素的一瞬，意即宣布你交际生涯濒临崩盘。

你说花时间耗精力，外带花费不菲的置装费，冒着堵车的怒火，穿城越池地跑来，这是图什么呢？不如在家吃得了。

更严重的问题来了——你家人也吃素吗？多半不吧？那就得费双倍工夫做两套菜。都说餐桌是忙碌都市人重视的家庭欢聚之处，可眼见你们一人面前俩菜，谁都不动对方盘子里的——就算你们当自个儿吃西餐呢，但人们常用“在一个锅里吃饭”表达亲香，这日子久了，会不会觉得有寒气呢？

要是有了宝宝就更纠结。我从小不碰牛羊肉，就是因为我妈不吃。我若吃素，恐怕女儿有样学样，肉食口味不保。虽然有素食主义者撰文表示，连她怀孕期间都是纯素，生的宝宝八斤多。宝宝生下来也纯素，然而一直胖乎乎不输肉食宝宝……但毕竟，看人游泳和亲身试水是两码事。不也有不少素食者不到两年就倒戈了吗?

最令我疑惑的还是一位“台湾有机素食”教母，那天沙龙现场，出于敬重我为她倒了杯水，但她顿时往后畏缩半尺，半晌惊魂不定，“这水我可不能喝，否则……”

由于长期食用有机素食＋纯净水，她日益纯净的肠胃抵抗能力严重下降，一杯可疑饮水机的水就可能引起腹痛腹泻。水至清则无鱼，估计我要改吃素，也得吃无机的素，喝不纯净的水，以免不再能跟这龌龊世界滚成一团。

可是，即便我下定决心只爱自己，老娘我就吃定素了。可我吃啥呢?城中不多的素食馆子，动不动一锅熬南瓜就卖七八十（还好没自诩有机），稍微有点型的更要上百（那不过是些冬瓜、西葫芦啊），论味道比我们家阿姨煮的还真没尝出谁强来。

有年夏天，我曾不远千里跑到登封一家尼姑庵参加一个所谓“精英静心营”，很大原因是那家始建于北魏的古庵以素斋闻名。结果?阿弥陀佛，我实在不明白他们为什么一定要把豆腐做成河鱼状，花生制成牛排状，然后放在佛祖眼皮底下售卖。倒是最后几天，说是为使我们体味真正佛家的滋味，让我们吃到了正宗的素斋，也就是炖茄子、炖豆角、炖土豆，炖茄子、炖豆角、炖土豆……吃得我有点想把自己炖掉。也许我高估了自个儿吃素的天赋?

当然素食里好吃的其实很多：各种菌类，各种豆类，各种水果，各种坚果，各种蔬菜芽儿，芝麻糊、西米露、椰莲蓉……要是鸡贼成性，担心口腹吃亏，可以选择有海参、鲍鱼、蛋奶参与的“花素”，那花样儿就更多了。可是……我想吃素，就像我想去跑马拉松、学法语、环游世界一样，貌似吃素是其中最简单易行的，为什么我仍在绕树三匝呢?

直到那天，跟一位学兄说起正在上的绘画课，严厉的老师如何夸赞我的天赋云云。说到兴奋处，一不留神自取其辱地说：“其实呢，我学画画，是希望可能有机会创造自己的服装品牌……”

话甫一出口我就后悔了。果然，“体制内”学兄在那边哂笑道：“哈，我们都这把年纪了，重新开拓一个新领域有多难，你清楚吗？”

“谁跟你一样年纪？反正我比你小五岁。”微信这边，某人千万个痛点涌上心头，活该这不长眼的学兄撞上。

大约因为愚钝，所以晚熟得可怖可耻，掐指一算，我的未竟事业颇有点多。当年幸好没嫁这位学兄，哼。要知道，我跟我丈夫说起我的……呃，好吧，给这些未竟事业起个好听名字，叫梦想吧——我的梦想时，我丈夫只是半信半疑地瞥了我一眼，而已。

所以，从来深恨“什么年纪应该做什么事”这样的伪真理。拿女人的致命短板来说，绝经后不能生育？前几天还有报道，我国一位花甲女士因为不幸“失独”，遂利用试管婴儿技术孕育了一对可爱的双胞胎女儿呢！这终究是极少数？没错，大部分花都在春天开，但幸好冬天还有梅花，世界才不会太过寂寥。有的人适合走阳关道，有的人适合走独木桥。

所谓世间所有的事都是好事，如果不是好事，那是因为还没到最后——必须感谢那位学兄，愤怒不光出诗人，也出素食者。打那起，我老人家居然还真就吃素了……虽然只是涉嫌暧昧的“锅边花素”，但确实跟牛羊猪鸡鸭鹅们基本道别了。

好像也并没有人因此将我踢出朋友圈。很多时候，我的朋友在对面切着烤羊排，我在这边吃我的咖喱蔬菜杂拌，一派其乐融融的和谐场景。如果吃火锅时他们要涮肥牛，我也不会泫然搁箸，更不会愤然离桌，而是小心翼翼地从肉片的缝隙里捞我的金针菇。

都什么年代了，谁不明白将就自己迁就好方是最大恩德这个基本道理。当然也要感谢我生活的这座都市，它令我幡然醒悟：我的如上担忧，是多么的城乡结合部。

我的体重仍然维持在98斤到100斤之间，没有增肥，也没有暴瘦。我的宝宝呢，在我大嚼芝麻菜、牛油果的时候，她也会吃上几口，然后继续啃她的糖醋小排。最大收获可能是，老友欢聚时，常常被惊呼：“你皮肤不过敏了？”

嘻，过还是过的，尤其当我的小心眼综合征再次发作的时候。但是，确实过敏状况少多了。

另一个有待考察的收获则是，脾气也见小。之前令我愀然不乐的种种事端再来找碴儿时，天空忽然就飘来五个字——那都不是事儿。虽然其中必有我老人家修养日益高尚的缘故，但毫无疑问，这与我终于吃上了梦想中的素，从而恨自己少一点，一定也有关联。

我与学兄也没有绝交，他说的也有道理啊——就算 60 岁咬咬牙仍然可以生宝宝，但 70 岁却未必。

亲爱的学兄，感谢你的逆耳忠言，我要请你吃饭。并且，如果你打算点你最喜欢的黑椒牛排，我也不会拿我新置的 KATE SPADE 的啄木鸟小手包敲你的头。

就想开间小小咖啡馆

实话说，这家顶多二十来平米的小咖啡馆也谈不上什么装修，但它有个优势，是花多少钱也买不来的——它的屋子中间有一棵树。对，就是电视剧《贫嘴张大民的幸福生活》里那式样的大树，从屋顶直穿出去。天气好的时候，客人们还可以坐在这家咖啡馆屋顶的躺椅上，数着星星喝啤酒。当然，鉴于气候雾霾沙尘暴污染种种，这样的良辰美景在帝都基本形同做梦，但世间多半商家，其实出售的都是梦。

东直门当代 MOMA 艺术区一间出名的文艺咖啡馆里，女友兴奋地说起，上个月在武夷山遇见的一位牛 × 咖啡店主：

“那个店周边风景真是美惨了。有的客人进来什么都不点，只喝自带的酒，一坐一下午，他也不管。有时候他想出去玩，就把店门一关，写上‘店主出去玩了’或‘店主出去钓鱼了’，真似闲云野鹤一般……”

“哎呀，好想也开这样一间小咖啡馆。”女友一脸向往。

哈，不止 800 次地听人——其中 799 枚是女人，说：“嗳，就想开间小小咖啡馆。”

早晨——确切地说，是中午，十点半吧——沐浴着金色阳光，你哼着歌来到店里，听着音乐擦擦弄弄，准备当天的工作材料。半小时后，客人陆续进店，喝咖啡配甜点的不用说，另有吃简餐的吃简餐，谈生意的谈生意，写字的写字……

咖啡馆标配还有一只三花美国短毛猫，则跟女主人一般矫情地在客人中穿梭。

照顾客人的间隙，你上网又订了一批优质咖啡豆，顺便还代购了两条英国真丝花裙。午后，客人少的半小时，你不紧不慢吞了条粗麦三明治。还顺手发了条文艺腔的微博，配了张颇有格调的店内图，图中自然少不了那只矫情、毛短、博得万余粉丝几十个赞的猫。

不求粉丝多，但求粉丝精。不求收入多高，但求舒坦温饱。

黄昏，一天中的高潮到来。你雇用的兼职服务生，以及为了成全你的散淡梦想而坚持上班打卡的爱人，也前后脚到了。他们俩有序地忙碌着，你则可以躲在柜台后面的小操作间写点东西，或者追追韩剧……

直到夜里 11 点打烊，最后一对情侣恋恋不舍地离去。

只是……不说收回前期投资，只说要卖多少杯咖啡，才能抵得过每天的房租、水电、人工以及高额税费呢？这还不算你和爱人搭进去的时间和精力。而且除了春节那三五天，根本不敢轻易闭店，客人吃一两回闭门羹，很可能这辈子都不再来了。

空拥一颗 24K 纯文艺的小心脏，却不能从事“一场说走就走”的旅行这样风雅的事……吁，简直是衣锦夜行。

我为啥这样门儿清？哎呀，古有打人不打脸，今有人艰不拆……好吧，我坦白，这也曾经是我的梦想之一。虽然只是“之一”，但作为具备“一定行动力”的人，我可是亲身考察过的。

那年夏天，我和另外一女两男，三个具备这同一庸俗梦想的文艺小青年，曾经不惮暑热及朝九晚五后的疲惫，屡次奔波在帝都的文艺集散地南锣鼓巷和五道营胡同，企图燃一把心底那点蠢蠢欲动的小火苗。

说起来，这次不靠谱行动的发起人，正是在下。当时因为轻小说集《一个人的贵族》的出版，《北京青年周刊》为我做了一个采拍，地点就在与南锣鼓巷毗邻的小菊儿胡同的一家咖啡馆里，由此我结识了这家咖啡馆的女主人——一位在读硕士。后来，我还十分敬业地在这里采拍过于丹、严歌苓。

据这位热情爽利的姑娘介绍，她与这间小咖啡馆的缘分，来自她在一家电视台实习时，跟着摄制组四处拍摄“帝都适合国际友人玩耍的去处”专题片。然后，才发现这样一个小院落当时年租需要约十万元——真的很小，从前店到后屋，只有七八步，还不能迈大步。不过好在店面后头还有间小屋可以住人，反正她也要租房住，于是就和朋友一起租了下来。装修费几乎没花（实话说，这家顶多二十来平米的小咖啡馆也谈不上什么装修），但它有个优势，是花多少钱也买不来的——它的屋子中间有一棵树。

对，就是电视剧《贫嘴张大民的幸福生活》里那式样的大树，从屋顶直穿出去。天气好的时候，客人们还可以坐在这家咖啡馆屋顶的躺椅上，数着星星喝啤酒。当然，鉴于气候雾霾沙尘暴污染种种，这样的良辰美景在帝都基本形同做梦，但世间多半商家，其实出售的都是梦。

总而言之，姑娘跟她的合伙人算了算：每个人前期只需投入五六万元本钱，就能拥有一家这个位于寸土寸的金南锣鼓巷把口的小小咖啡馆，就算不赚钱，咱也赔得起。

来的次数多了，我厚起脸皮问她："那结果呢？到底赚钱不？"

姑娘笑吟吟地答："刚开始的几个月，几乎没人——这是每一家新店必经之路。现在呢，算是持平了吧。"

这姑娘说的现在，指的是咖啡馆开业一年后的现在。据我屡次光顾来看，该店从来没有满座的时候，但居然也能持平……她能，为什么我们不能？何况我们四个都算资深媒体人，乔装文艺腔个个是把好手，就像上述当代MOMA艺术区那家咖啡馆一样，隔三差五搞些名人讲座、新书发布，可谓信手拈来，就不信生意坏得过人家，嗯哼。

我们也不是没想过去一些艺术类社区开咖啡馆，但那些地方相对人烟稀少，房租也更贵，需要更大的资金投入和更久的养店期。

至于在普通大型社区附近开咖啡馆，则尽量能避则避，虽然房租便宜些，但中老年人肯定不会来，年轻人要上班也不会来，基本百开百败。我家附近一家格调不错的咖啡馆店主就曾暗示我，如果我想入股，他是欢迎的。不久，这家咖啡馆就又换了第三任新主人，可惜大约为了节省成本，装修还是老样子。

于是我们一行四人，多次在南锣鼓巷、五道营胡同乃至国子监一带不辞劳苦地实地考察，都跟人谈到租金问题了……但是，问题也渐渐凸显：

①我们四个其实是临时拉起来的队伍，可谓乌合之众。主意是我出的，可我的本意是跟其中那位女士合伙，但这位女士并没跟我商量就拉了她的两个哥们儿入伙。那两位男士都是大大良民兼绝对人精，做起活来必然都是好手，但是，我们萍水相逢，系在同一根绳上的充要理由是什么？

②帝都房租日新月异，南锣鼓巷不说，连五道营胡同一个比那姑娘的小院大不了很多的小院，年租都要 30 万元以上，且还需一次性交足 5 年。

③也许最关键的是，甭管捯饬得多么文艺多么有腔调，这些咖啡馆大都有一个不好启齿的秘密——它们只配备公共厕所。回想起于丹和严歌苓，一个酷暑一个严冬，都曾被我拉到这里上公厕……真觉得有点对不住这二位优雅的姐姐。

我个人最受不了的是末一条。我们都受不了的，则是第二条——房租装修及各种费用，前期至少需要 200 万投入……有 200 万闲钱，我们为什么一定要开咖啡馆？

决定咖啡馆计划泡汤的一刻，我竟有些如释重负的感觉。虽然对于自己的叶公好龙多少有些赧然，但眼见其他几位也都难掩欢喜之色，于是觉得这次以失败告终的考察，在另一种意义上也算是成功——起码十年以内，绝了这几个不靠谱文艺青年的肥皂泡念头。

从此以后，我对每一位咖啡馆店主的景仰感都翻了起码五倍。所以看见武汉参差咖啡店主写的一系列关于如何开成咖啡馆的书，立刻悉数扫货。心得如下：

①只有当开咖啡馆根本不是你的梦想之一而是梦想唯一时，你才有资格开咖啡馆。

②除了“跟别人不一样”，无路可走——咖啡馆到处都是，为什么非要进你这一家？犹记得位于协和医院西门的一家装修相当希腊风的漂亮咖啡馆，我和女友上周还在那里吃简餐，下周它就挂出了“旺铺出租”的横幅。好吧，我必须承认，那简餐和我吃过的任何一家咖啡馆简餐相比，没有更糟，但也没更妙。

③不要以为开了咖啡馆，迎来送往的，自然没时间孤独，其实跟任何创业一样，从此就开始了孤军之旅。尤其是前期，从创意、装修到服务，很可能都是你一个人在奋斗。也许，从早上开门到晚上关门，都只有你一个人。如此连续数月，你受得了吗？

④你以为开了咖啡馆，从此就自由了，像上述那位武夷山咖啡馆的店主？女友坦白，那位店主是在城里“赚足了这辈子的钱”，跑到武夷山“返璞归真”而已，所以才能“说走就走”。有位在帝都一号地开咖啡馆的朋友，

投资方是她的艺术家老公，开咖啡馆不为赚钱，只为给朋友们找个聚会的地儿。饶是这样，也不能没人守着呀。于是这位朋友两年没有旅行过，直到得了抑郁症，才找了位职业经理人代班。

⑤只有客人才会视咖啡馆为文艺重地，主人岂敢。就不说店面装修维护、饮品设计执行等无数烦琐的细节，单听一位咖啡店主无奈宣布：不是每位客人都富有教养，遇见烟瘾深重、大声喧哗甚至当众脱鞋而屡教不改的，就算为店中众多名贵瓷器的安全打算，她也只能咬牙忍了……

那么，究竟什么人才有资格说“就想开间小小咖啡馆”呢？

窃以为，除了以开咖啡馆为平生梦想的参差咖啡馆店主，和完全摈除了文艺腔调的企业家如星巴克创始人霍华德·舒尔茨，其余人等则需——要么足够年轻，如我一位今年刚大学毕业的90后小女友，有大把时间可堪错过；要么足够老，看尽世间繁华只求散淡生活，像上述那位武夷山咖啡馆的店主。

还得承认，上述老少二位有一个共同点，那就是赔上几十万不在话下——小女友的爹，亲爹，是一位年薪近千万的上市公司高管，小女友大一时就开迷你库珀了。

至于我等不老不少、不上不下的纠结人士，再怎么心痒难耐，与咖啡馆的最妥帖情缘，还是乖乖叫一杯香草拿铁，对着一台iPad，慢吞吞耗掉一个放空的午后吧。

致我们终将失去的闺蜜

电话两头，我们似乎有说不完的话。这无疑仰仗心小姐的美好口才。其后我走南闯北，感觉唯一可与她口才比肩的，唯有于丹女士——只是她们风格不同，一个是诙谐小品，一个是香草美文。但出口成章、附送标点的段位不相上下……

看见蒋方舟在采访里说，她曾经就读的清华园里，有人恨毒了她，偶然拣到她丢的快递袋子，就找到她的淘宝ID，列出她的购物清单。并且，不难想象是多么满面怨毒地，在深夜的网上公布她的内衣尺码——A CUP。

我一下子就想起了久违的心动过速小姐。

至于这位美丽的小姐为什么有这样一个奇异的代称，请容我慢慢道来——权且简称她为心小姐吧。

倘若当年——我是说，心小姐像蒋小姐如今这样年轻的时候，倘若也淘宝成癖，而随手乱丢快递单，估计也会面临蒋小姐一般的命运，也许还会更糟。

因为心小姐当时的周边，可没有帝都、清华这样的大阵仗。我认识她之前，已经听闻若干她的“艳名”。你懂的，在一座二线城市富有艳名，该是多么的女人不爱，男人……暧昧。

起码当时，我自以为是她最好的朋友——她也曾对我说过类似的话。新年夜，她邀我去最好的酒店吃饭。赶巧得很，那天我们居然撞衫——原来我们习惯于在同一家商厦购物。可见，这城市有多小。

那天我们被人认作亲姐妹，她是姐，我是妹。
“不行，我不高兴——明明她比我大一岁。”她向对方笑叫起来。
大约将心比心，怕我听了“大”字会不高兴，她亲昵地转向我，说：“对了，上次人家还说你像个高中生。”
“高中生？是呆板没风情的代称吧。”我傻笑。
我们相视而笑。

我知道她是欢喜的。对于这座城市来说，她太美丽也太聪明，所以注定孤独。难得我彼时有闲，几乎招之即来。来了能接上她的话，也不曾将她的各项秘密分享给人。

吃到一半，东道主出来打了个转。他是她的资深粉丝之一，年轻有为，气宇不俗，拉出去也算城中一半姑娘的男神。虽然两人有过渊源，但她当时的正牌金主并不是他。

却也是一位说出名字来江湖上响当当的汉子。她宣布“只喜欢金字塔尖的男人”。我听了万分景仰，因为挑男人时，我竟从未想过这一层。也难怪她从没上过一天班，但一直名列优异公司，有着优异待遇。

只可惜除了天才，能爬到金字塔尖的男人通常都年已不少，且多半已婚有子女。这就是当时城中多半女人恨她的缘由。

“她读大学那会儿，跟的那位是我爸的一个大学同学——你想，该多老？还不是因为那位大叔有钱。现在我家还有不少他们的亲密合影——当时那位伯母都快疯了，一下子老了二十岁。”一位娟婉女友说起心小姐，脸色顿时冷凝肃杀。

哦？心小姐和我说起她大二时就有能力“双飞深圳做全套泰式按摩”，缘由是：当时她为一家美国公司做兼职，月薪七八千元。彼时，人均月薪千元出头。

虽然对本城究竟有没有这样大手笔的“美国公司”略有疑惑，但这点小疑窦立刻被她的有趣及貌似有情给冲淡了。

当然还有人——女人，说得更难听：“她坐过台……”

我想起有幸欣赏心小姐登台表演那回：月白锦缎旗袍两侧开到大腿根，下摆缀满尺来长的桃红流苏，妆面妖娆，歌声柔媚，眼神迷离，举手投足确有头牌风情……

但鉴于说这话的人基本不曾说人好话，我立马把这话屏蔽了。何况耶稣曾说：“如果你自认此生不曾犯错，那么就拿石头打她（一位被指通奸的女人）的头好了。”

作为一个浑身短板的人，我自然没有这样的权力。
那阵子，一过 12 点，我家电话总是占线——午夜 12 点，我是说。

电话两头，我们似乎有说不完的话。这无疑仰仗心小姐的美好口才。其后我走南闯北，感觉唯一可与她口才比肩的，唯有于丹女士——只是她们风格不同，一个是诙谐小品，一个是香草美文。但出口成章、附送标点的段位不相上下。

只可惜夜谈主题稍嫌贫瘠：基本以男人为主，打扮为辅。

胜在心小姐的恋爱故事丰富，一切的肥皂剧、小姐电影完全弱爆。为表明存在感，有时我也抖落些自个儿的陈芝麻烂谷子，但在心小姐箩撮箧扛的艳遇面前，常常刚一出口，便像一瓢水泼向大旱焦土，只余一抹轻烟。

我不由得自省：我之于心小姐而言，难不成只是一个尽责的树洞？还好，心小姐的新书居然邀我写序。虽不至受宠若惊，却也欣喜非常，我立马使出浑身解数，将心小姐的 A 面写了个彩云追月、暖玉生香。

心小姐很满意，特在一家有格调的酒店请我吃饭。其实，这先要感谢她自己，没有她的慧黠，我断难为无米之炊。正有点疑惑那酒店的地址偏远，心小姐已拿出几张代金券来结账——是她男友之一的赠予。

熟极而流的深夜电话将我渐渐引至心小姐的 B 面：虽则裙下之臣不少，

其实她芳心只属某人——当然，隶属金字塔尖的某人。她说：“虽然大我一半年纪，但他保养得真好，肚子上一点赘肉没有……”

但是……假如那位大叔忝列金字塔底，就算身材宛若健身私教，她可还会这样心折神迷?

不，她是我朋友，我不可质疑。

只恨大叔使君有妇，且育有三子，均已成年。好在心小姐兀自表示甜蜜：“他对我是真好，这房子就是他帮我买的。大年三十晚上，我一个电话，他就不顾老婆哭孩子闹，抛下一大家子来了……”

正说得兴起，只听得话筒那边有门铃声，在静夜遽然锐响。看看表，正是深夜两点三刻。她匆匆丢下一句：“我妈来了，拜拜。”

夜半门铃隔三差五，我渐次奇怪：阿姨缘何总是深夜来访?

对朋友生疑真非君子所为，我有心退后一步。但心小姐约我出来喝酒，有点迫不及待地。

半打科罗娜，若干小食。我们之间仿佛有个默契——凡是需要付现钞的约会，都是我买单。

“……不离就不离，否则赶明儿他老了，还得我给他把屎端尿，呸。”虽然看起来罕有地情绪低落，但心小姐仍不失惯有的俏皮。

看着她眼角骤然多出的几道细纹，我好想抱抱她。但她话锋一转，说："旧的不去新的不来，一会儿就有个新帅哥来找我……"她妩媚一笑，"今夜就让他陪我好了。"

她的字典里没有"输"字。每回不得不出现在那些见她便皱眉的女人们面前，她必手插衣袋，头昂青天，嘴哼小曲儿，一副"一切都好，只欠烦恼"的拉仇恨状。

谢谢她在我面前偶尔一闪而过的柔软。

只是她的失落是源于那权势大叔本尊，还是仅仅置气他不肯离婚？心疼与迷惑交织，作为旁观者，我亦陷于纠结疲惫，她的辛苦可想而知。

旅行一圈回来，才知道心小姐病了一场，名义上是为那大叔。

后来她告诉我，屋漏偏逢连夜雨，开篇提及的那位年轻有为的酒店合伙人近日大婚，请遍城中头面人物，可居然连个招呼也没和她打，明摆是要她难堪。可是，大家都是成年人，都是未醉情形下的你情我愿，为什么所有错都算在她这一头？

出院后，心小姐卖掉旧屋，首付了套高级公寓。有人——这一回居然是个男人——告诉我，那大叔不是一点都不愧悔的，这就是心小姐新豪宅的由来……

我目瞪口呆地看着那也算城中知名才子男飞快翕动的嘴唇，暗思也难怪心小姐的理想是远走他乡——越远越好，最好是出国。

日子还得一天天过，很快心小姐在追求者中拨拉出一位每月为她付新房按揭款的新大叔。

也是一位金字塔尖的男人，也有妻儿，对她也算一等一的好。与以往诸男不同的是，新大叔赌咒为她离婚，只是要等小儿子考完大学——那孩子已经高二了。

“你爱他吗？”在心小姐的浩大棋局面前，我的问题常显得浅薄发噱。

拨一拨永远不烫不染的清纯黑长直发，她淡笑。“骑驴找马呗。”她叹口气，悠悠道，“倒是他呢，这辈子注定不会遇见比我更年轻、更漂亮的女人来表示爱他了，自然对我五体投地。”

我也五体投地，心小姐如此通透，难怪众男五迷三道。常听有人自诩“有我聪明的人没我漂亮，有我漂亮的人没我聪明”，迄今为止，我坚信只有心小姐方衬得起这话，没有之一。

“那如果他跪地求婚，你嫁不嫁？”我忙继续求教。

愣了一秒钟，心小姐哈哈大笑地说：“别说跪地，他就是跪到地下室，我也不嫁。”

那你付出了青春，又图什么呢?

话到嘴边我又咽下。到底图什么呢？无非很多的爱，或者很多的钱吧。没有某种选择百无一弊。

心小姐是这样一位水晶心肝的玻璃人，她尚有大笑的心情及气力，已经是所谓幸福最好的佐证了吧。除了祝福她，就像祝福自己，我想不出其他更得体的姿态。

我们渐渐疏远，按时兴话讲是“因为聚少离多”。但我知道——她一定更知道：其实，我们确实不是一种人。

任何落幕都有遗韵，我仍然在渐次疏离的深夜电话里，努力拼凑她永不言弃的完美生活——

谢天谢地（不知这样说是否妥当，但站在心小姐的立场，确实是的），痴情新大叔终于践诺离婚。

这可是心小姐情场战斗多年的唯一硕果。然而，她言出必行，说：“对不住，我妈妈嫌你老，不同意。”

我想起心妈，一位提前病退的液化气站女工，身形粗壮，面相忠厚——想来心小姐的优良遗传来自心爸。

曾见心小姐呵斥她妈，就像成人鄙薄无知孩童——她会听她的话？我再次五体投地——拿妈妈的话来拒绝一个男人，最有力也最温柔。

最后一次听见心小姐的消息，惯例是在电话里。她兴冲冲地打给我说："亲爱的，恭喜我吧——我结婚了。"

我赶紧恭喜。

"是那一年出国旅行时认识的……政府公务员……他飞过来，我们就注册了。"大约深谙我难抑好奇，她娓娓道来。

我再次陷入迷乱，那次旅行区区一周半，而距今已有七八年。七八年间他们从未相见——起码我在她身边这五六年，从未听她提过他半句……

我勉力提问："你说他得回国上班，半年才来看你一次？你不是一直想要出国定居，为何不跟过去？"——西方男人受得了"半年一回"？

"没办法呀，医生说我心动过速，不能坐飞机。"心小姐嘻嘻笑，"这是好事儿——他不在时，我正好继续实施一妻多夫制。"

甚至来不及为她替异国新婚分居寻下的理由惊讶——也许这是她上回生病的后遗症？——我脱口而出："这不大好吧，现在，你身份跟过去不一样了……"

话刚出口，我悔之不迭。人之所言，要么有趣，要么有用。我这算什么，王母娘娘的金簪？顿时，觉得我与她相隔千里……

果然，怔了片刻，她幽幽地道：“别人说这种话也就罢了，怎么你也说？”

我愈发羞愧，仿佛是拂了黛玉一番赤心的颟顸宝玉。但定神复思，却也想不出二话。唯有讪讪再次表示同喜，相约碰头吃饭送红包。

我们都清楚，那些漫漫长夜的泼命倾谈，连同我们随手浪掷的青春，正一道携手尿遁。

所谓青春，就是遇见谁就是谁——感谢上天曾经让我遇见她，鼻眼舌身耳，无一不感受着喧哗的刺激。

其后数载，我曾试图圆满她断续告诉我的支离破碎的故事，方渐渐恍然。她跟我说过那么久那么多，但几乎等于没说。我甚至不知道她真心喜欢过谁。

那么，她喜欢过我吗？她曾在我面前拍着胸脯子，说她本埠医院有人，学校、火车站、飞机场都有人，有事尽管说话。于是家人生病住不上院找她帮忙，过半小时她打回电话，表示赶巧这次帮不上忙。

类似事情又发生一回后，我没有再扰过她。不对，还曾请她帮我的一本书写个跋，她一口应了。很久以后我鼓起勇气催稿，她说，很快速地说——因为太熟，不大好下笔……

这么多年过去，偶尔还是有人——来自那座城市的人，向我说起心小姐的这那，用恨恨的口气，再次佐证她的出色与他们的平庸。

断断续续，我知道她虽没出国定居，但大约心动不再过速，心小姐时常在各种渠道表示自己出国旅行就像到邻居家串门儿一样便捷频繁，不知是否是因为从夫拿了彼国护照。她还经常秀自己高大上的完美婚姻，只是从没人知道那个幸运的男人是谁。好在她一直在做自己喜欢的事，且成绩不俗。

这几年我与她唯一的亲密接触，是在她某部作品上市之际，派记者去访问她，之前曾致电她打过招呼。小记者访回来一篇初读花团锦簇、复思基本啥也没说的稿子，反正这也是时尚类杂志素向的风格，我挥笔签发。

有些人适合相濡以沫，有些人适合相忘于江湖。我们在遥远的两岸各自貌似安好，而彼此心怀善意，真是朋友间一场极幸运的事。

最近一次看见她的消息，是见她为一本名人出的书写序。
——文字还是那样美。

她写自己是在遥远的希腊海滩穿了比基尼，用爱人赠予的万宝龙金笔手写的这段序。然而，她寄居的那家房东太太，以为稿子是废纸随手给扔了。她当即穿着比基尼飞奔出去，万幸在垃圾车启动之前且哭且笑地抢回了稿子……

好有喜感的画面，我实在忍不住在帝都的雾霾天里失声大笑。

她曾向我自嘲作为美人的至大 bug——A CUP：“喏，穿起比基尼，就像一张烫衣板要开工。”我猜，聪明的她断不会在自己的身体上动刀——那么，是她又调皮了。

谁说中国人不擅编故事。不擅编故事的女人，断不会是真美人。

等赞的女人

亲爱的，在你的心底——也许根本是在心灵最阴暗潮湿的地下室里，层层桎梏之下，是否也如我，曾经蜷曲着这样一个几乎不曾得过赞许与拥抱、面色蜡黄的小孩？

吃过晚饭遛弯儿，发现附近新开了一家旅行社。想起近日去英国的计划，遂踅进去探询。

“我现在自由职业，需要比在职人员多办哪些手续呢？”
“哦，你现在待业？”那个胖胖的小女生眉毛一扬。
我顿时有点结巴起来，说：“不，不是的，我在做一些自己的事情……”

如果事情到这里就结束，也许我还不那么难过——但是，我熟练地接下去说：“我想自己创业。”

KAO，我创不创业，跟这个萍水相逢的旅行社业务员有半毛钱关系吗？为什么我要向她殷实汇报我甚至都没好意思跟一些朋友吐露的隐秘梦想？

也许她心里会想：这女人的所谓创业，是指要开一个麻辣烫摊子吗？果然如此，那我要不要给她看一下我的可行性计划书呢？

“对，我在待业。我需要多准备一些什么材料？”我镇定下来。

事情貌似是从“待业”这个词开始变化的——待业，是能力不逮、人缘狭隘、经济堪忧、价值低下的代言……吧？那如果仅仅在家休息几个月，算不算待业呢？放弃前途有限的工作，经过一段时间的休整、思考、学习和整合，从而兑现了自己的梦想，算不算待业呢？或者像我现在这样，决定在家写作一段时间，没有即时收入，算不算待业呢？

好吧，老娘我现在就是待业了，怎样？去国外旅行需要多缴十几万押金？蹲在家里时间长了老公脸色不好看？孩子会奇怪妈妈怎么跟别的小朋友的妈妈不一样，天天蹲家里？

可是，起码当下这些所谓烦恼，完全不成立啊。家人很支持我“做自己真正喜欢的事”的决心，孩子对我不再早出晚归更是欢呼雀跃，其实我每天都会乖乖坐在电脑前工作……我究竟在为“待业”两字愁苦什么？

是的，迄今我都没有把我辞职的事告诉父母，因为我完全可以想见他们听到这消息后的大惊小怪，如坐针毡。在长辈的眼里，唯有一份“旱涝保收的固定工作”才能保证“活下去”——他们这辈子就是这样活过来的。可是，他们快乐吗？

起码我的父母并不足够快乐。但是，他们居然想要把自己槽点丰富的人生经验，传递乃至COPY给我——亲爱的爸爸妈妈，对不起，我一点也不想过你们那样的人生。事实上，无论从时代背景还是我个人的性格、特质来看，也绝不可能。

但是，我为什么仍然对他们的评价如此紧张？

“如果一个人在别人的评价中长大，就很少能达到真正的自我了解。人生对他来说更为艰难。他常常会依赖别人，需要别人告诉他自己是什么样的人，能做什么，做得有多么好……”

当我在睡前小读中看到这段话时，因为眼睛忽然有点发涩，而不得不啪的合上了那本书。

亲爱的，必须坦白：不是因为我困了，而是上天赐给我们的时间其实非常有限，没法分出一些自欺欺人，然后再花大量的时间、精力去收拾自欺欺人制造的烂摊子。如是三番，我们的灵魂乃至身体，都会被淹没在乱七八糟的无谓琐碎中，又累又脏又茫然。令日后为我们拟悼词的人，都不知从何开口。

没错，我之所以如此期待旁人（或者说每一个人，甚至包括擦肩而过的路人）的认可乃至尊重，就是因为从小到大，我的父亲——我的神，几乎没有给过我认可。尤其进入青春期，我开始向“真实的自我”奔袭以后，更是变本加厉……

亲爱的，在你的心底——也许根本是在心灵最阴暗潮湿的地下室里，层层桎梏之下，是否也如我，曾经蜷曲着这样一个几乎不曾得过赞许与拥抱、面色蜡黄的小孩？

你，想不想打开那十八道门锁，走到那个弱小无辜的孩子面前去——甚至他身上也被缠绕着许多道冰冷的锁链，蹲下身来，握住他的手，望着他惯性躲闪的眼睛，轻轻而坚定地说：“宝贝，不要待在这里了。外面阳光很好，天高地远，花木葱茏，海水正蓝，我们走吧。”

是的，拜“东方主流教育方式”所赐，心底藏着这样一个羸弱小孩的成人一定不在少数。无论外表有多强大、多光鲜，你真实的耐受力，其实就是这个被压抑的小孩。

一直很心疼一位优秀女友，她常常告诉我，她因为委屈而导致的愤怒：谁擅自取消了对她的微博关注了，谁又在背后说她“坏话”了，谁回复她的微信留言不及时了，谁和另一位朋友出门旅行却没有通知她了……

——分明一个眼巴巴期待被妈妈搂在怀中表扬的小女孩。“宝贝真乖，饭都吃完了，觉也睡得早，还会折千纸鹤，好棒哦……”她所有的努力与付出，都是在向冥冥中的母亲，或者说母亲代表的神祇顶礼。

长大后，还会把这种“神光”投射到上司、伴侣、朋友甚至路人甲的身上。也许，这种谨小慎微的努力会使人短期内变得“更优秀”。如香港知名导演许鞍华说：“我是个自卑的人，所以我只有比别人更努力。”

卖不出杂志就会被扣奖金的编辑还为此取了个引人眼球的标题——自卑是

种生产力。但是，生产力跟幸福感成正比吗？我们自发、自动压榨自己的目的，就是为了坐在金山上欲哭无泪？

“亲爱的，你知道自己是谁吗？有多美？有多善？其实可以多么强大？短板又在哪里？”

“你相信那些无视你乃至诋毁的人，比你还要了解、心疼你吗？你当真认可他们所说的？”

“你知道那些‘说你坏话’的人，在遇见你之前受过什么伤害，从而有怎样的痛点吗？他们其实是在跟自个过不去——你打算为他人过往的缺失买单？”

——女友被我问呆了，喃喃地道：“你为啥这样门儿清？”
“呵呵，亲爱的，因为我就是这样过来的啊。”

搜肠刮肚、费心巴力发出一条微信或微博，然后就搬把小板凳，托着腮帮子，提拉米苏也不吃了，咖啡也不喝了，坐在那里干等——等赞。

赞多呢，自然喜笑颜开，瞧咱这人缘、咱这才气，区区几张随手拍几十字随手写，这才几分钟啊，赞者已过两位数了。

赞少呢，也还好了啦——可能大家都太忙了。也许有人根本是羡慕嫉妒恨？总之咱还是有人问津的。点赞的朋友，够意思，都是咱真哥们儿，下次甭管你们发啥，哪怕是家里小狗生病、老妈手机落出租车，咱也一律点赞。

嗳，怕只怕，殷殷发出去，目瞪口呆良久，腿都蹲麻了，愣是找不到一个赞字……这叫一个满腹辛酸。怎么着？难道是“我这人其实没那么有趣”的底牌终于被发掘了？或者是昨天发的那条微信显摆意味太浓，遭到大伙儿的一致鄙夷？莫非更甚，大家觉得我是个“没用的好人”，从而懒得应酬？

遂哆嗦着，默默而狠狠地删除了该信息。殊不知，那边几位刚得闲捎手点赞的朋友很是莫名其妙——“这信息怎么一转眼就没了？见鬼。”

而这旮旯，大热的天儿，事主愣感觉后脊背一阵阵发寒：孤独啊无聊啊，活着有什么意思啊……

——哈，我承认是夸张了点。但据民调，相当的人，尤其女性，都有过类似的心路历程。这也是为什么微信发展迅速超过微博的原因——在朋友圈里是看不到有没有其他人点赞或评论的，而在微博一目了然。

所以在微博出售粉丝的生意一度相当火爆。只是赫然几十万粉丝，发条微博却仅有孤零零一人点赞……亲爱的，我猜活成笑柄绝非你的本意。

三毛曾经在《撒哈拉的故事》末尾写道：“我是我的女王。”当真如此，她就不会在48岁盛年结束自己的生命。等赞的日子，如同一个人漂流在大海中期待浮木的出现，太疲惫、太渺茫、太绝望。

一直很欣赏一位心理师女友，因为她曾坦承：因为父母教育太过严格，造成她成为一个“讨好型的人”：“哎呀，做一个讨好型的人好辛苦啊。”

哈，亲，握个手吧。坦然面对这一点，是破冰的开始。唯有诚实地自我认知，才是人生最有力的依靠，它是唯一通往心灵自由的钥匙。而你，是这个世界上唯一有资格评判自己的人。

如果你觉得多年纠结，千头万绪不知从何入手，那么不妨从蔡康永这句源自痛点的调侃当做座右铭开始——

“当我必须专注，又必须待在这繁华世界热闹人群里的时候，我心里经常开动一对安静的雨刷——一边是关我屁事，一边是关你屁事。”

淑女需爱财

为对金钱产生更加强大的爱戴，我命令自己不断闪回本人在全世界每个犄角旮旯浪荡乃至发呆的良辰美景，穿着我心爱的奶泡白色七彩墨西哥刺绣棉布连衣裙——哇，那真是……我决定花些工夫，将自个儿与金钱的关系理顺。能与之刎颈割头当然好，起码别再世代为仇……

"这是20万，离开我儿子。"
"阿姨，我们是真心相爱的。"
"40万。"
"阿姨，我不是为了钱。我觉得，感情是不能用金钱来衡量的。"
"60万。"
"阿姨，您这是逼我啊。"
"100万。我说最后一遍，离开我儿子。"
女孩叹了口气，顿了三秒钟之后，缓缓从口袋里掏出了支票。
"这是2个亿。我要嫁给你儿子。"

这是网上流传甚广的一个励志段子，虽然有bug——这种妈教出的儿子值2亿吗？但确实励志——女人须赚钱，为了不必再为钱妥协。

很可惜，迄今我不是有钱人。

近来才醒悟，这跟我的自我定位有关。曾经一再跟朋友表述：我这一生，不求太有钱，中产吧。小中产即可，上中产更佳——所以呢，我这也算是心想事成。而且还曾以为，就算眼下是小中产一枚，但咱不说智慧，起码不蠢；不说勤劳，起码不懒——往上中产稳步进发，那简直是“天要下雨，娘要嫁人”的事。

没成想世态奇异，从房价到人心，渐次都像发了癫痫。别说规律，就踪迹都不大好寻。

能力所限也好，懒惰成性也罢，纵然一再恨不能举起鞭子，威吓自己“放弃我执”“仆身为羊”，总之将自己交付给冥冥中的诸神，不再纠结于狭隘的自身命理——包括财务状况，但上帝他老人家说过他只救自救者。

所以，我决定花些工夫，将自个儿与金钱的关系理顺。能与之刎颈割头当然最好，起码也别再世代为仇。

我是有一年跟长辈去京北郊区为外公外婆扫墓，才知道我族家训的。说起来似乎有点自矜嫌疑——人家好不容易将一张卫生纸脸皮，修习成牛皮纸段位，就允许人家大大方方自矜一下吧。放心，该自卑的地方，人家也会一样昂首挺胸自卑的。

我的母系家族，当年曾是帝都（那会儿叫北平）精英一枚。我母亲的祖父及其兄长，一位是当时有名的书法家，一位是北平四大名医之首。后者为孙中山、梁启超瞧过病，解放后是中医界唯一的中科院学部委员，曾捐出近百件稀世古董给北京故宫博物院。

2010 年浅秋，我和亲友们在景阳宫参加过故宫院长主持的太外公文物捐赠 50 周年纪念仪式。从梁漱溟到陈存仁，很多民国名家的回忆性文章都提到他们兄弟二位，可谓“谈笑有鸿儒，往来无白丁”。

当时他们二位的偌大四合院毗邻，位于北京西四兵马司胡同。后来，就算个人私藏，捐赠的捐赠、廉价抛售的廉价抛售、充公的充公，为什么遗下的房产并不多呢？

直到那次扫墓，听见长辈们在老人墓前念念有词，方才知道，原来我族家训是“腹有才华，不置恒产”。这些房产大多为租赁，而不是购置的。

犹记得听见这话时的震动，仿佛心底震了条缝，有什么忽地吹进来，一切都被刮移了方向。之前我并没有听过这话啊，为什么这些年来我将如上每个字都奉若圭臬呢？前辈们是恃才清高也好，看尽乱世也好，我这又是图什么呢？遗传因子真是可怖。

“凭本事挣钱，有多少花多少”也许算不上光荣，但胜在我竟从未破产过。记得有一回，经过周末“一日看尽长安花”般的买买买，周一打车到公司门口时，钱包里只剩下两毛钱。除了下班后去附近的 ATM 机取钱，似乎也没别的招儿了……但是，经过传达室时，门房叫住我，递给我一张稿费单，不多，四位数，但也足够我本周买花戴了。

散漫如我，得以赶在房价疯涨前买房，完全是因为当时租房的楼下邻居，是位锱铢必较的准老年妇女。20 世纪 80 年代末建的老房子地板薄，我不小心掉地上一本书、挪一下椅子，她都会拉开窗户对着楼上嚷嚷——所有的事都是好事，如果不是好事，一定是还没到最后。

这就是我的问题所在吧！苟活半世，没有过见钱格外青眼，也从未于此栽过跟头。所以，对钱不够景仰、渴望。

说起我的所谓“跟头”，无非是买不起入眼新裙及入心好书。有女友嗤笑我底线过低，说你看某某，人家以为的手头不裕，是买不起新季名包好不好？难怪人家一路高歌猛进成业内新贵。

这我信。曾听过一席来自美国知名心理专家的昂贵讲座（作为媒体沾光白听的），那位显然有着拉丁血统的小个子美国男人穿一袭灰西装，手里的麦克风仿佛身体的一部分，看起来说的每个字都来自心窝：

“兄弟我，来自一个多子女移民家庭，上溯祖宗八辈，包括叔伯旁支，均没有出过富人，从小就过着捉襟见肘的日子，身上的衣裳都来自二手商店……但是，我生气了，立志要致富，读最好的学校，住最好的房子，配得起最好的爱人……喏，现在我成功了。亲，知道吗，其实你也可以——只要交足五位数的学费，我就教你哦……”

有人当场目瞪口呆，有人当场嗤之以鼻——足够想，就足够行？

作为半信半疑的惯犯，这一回我却是偏向于信仰的。这位小个子专家的体系，相当于近年风靡世界的心理学著作《秘密》《力量》的理财版吧——你有多大愿景，就有多大前景。如果你不发愿，神也奈你若何。

当然，凡事从无绝对。我就有位朋友，口头禅是“钱算什么东西”，她的钱就丢在银行里，最牛掰的理财术是定期存款。然而，她有位年薪千万的央企高管老公，本人年薪也有数十万，拥有北京二环内200许平米南北通透飘窗公寓一套，隶属实打实的上中产——这怎么解释呢?

哈，要不说我国国情特殊呢。20世纪80年代初名牌大学的毕业生，早在高考那一关已被定性为“贵族”。按这位女友的话说，她家先生的同学们，个个身居高位，无一错漏。

这些20世纪60年代生人是沐浴社会主义恩泽的最后一代人。他们的住房很少在三环外，多半还是单位集资建房时相当于白送的，别说80后90后00后，就连70后也毫无效仿资格。然而，我为何没有追寻那位美国招财大师而去？呵，还不是因为我曾经的偶像三毛的金钱观——“金钱可以很有用，可是它也很没用……它买不到快乐、时间、健康、生、死、经验，这是人生最重要的。”

当然，这傲娇箴言的前提是：“我从来没有经历过贫病交集，只有经过贫，但是我健康，又有什么关系呢？”

纵然彼时，我之于金钱，已如受了宝姊姊上等燕窝暨洁粉梅片雪花洋糖的林妹妹，疑惑锐减、好感剧增，但因多年狷介，心底最深处，终究隔了一层肉眼几乎看不见的薄纱。

不，半层也不行，那愿景必得是肝胆相照、血脉与共、同舟共济的，通身每一纳米的细胞液都因对方的一颦一笑而流转的——说白了吧，我这是非不为也，而不能也。

毫无疑问，就人生终极意义而言，三毛完全正确。调查显示，以眼下物价水准计，在年薪 15 万元以下的族群中，确实钱越多幸福感越强。但年收入 15 万元以上，幸福感与钱数并不成正比。作为后者的一分子，我对金钱的日益亲切，究竟所求为何呢？

对于当下的我来说，最重要的还是好奇吧——有人说金山顶端奇峰巉岩，有人说蛛网衰杨，那么，它究竟什么样？作为一名秉性好奇的操劳主义者，我越来越想亲身去看一眼。我鄙视仇富的人——您知道富有到底是怎么一回事吗？也不怕凌空蹈虚闪了心肠。

为对金钱产生更加强大的爱戴，我命令自己不断闪回本人在全世界每个犄角旮旯浪荡乃至发呆的良辰美景，穿着我心爱的奶泡白色七彩墨西哥刺绣棉布连衣裙——哇，那真是……

我决定每天抽出五到十分钟，合掌静心，郑重自诫：

1. 真心发愿。

如果真心期待一样东西，需觉得自己配得上，才有一亲芳泽的可能。爱情如是，金钱亦然。亲爱的钱啊，你不觉得身心向美、诚心实意的我，和你实在很搭吗？我不觉得这是谄媚。所谓矜持，不过是不够真心喜欢的借口。

2. 从整理钱包开始。

日本理财专家教诲：你知道自己钱包里有多少钱吗？它们是否都乱糟糟团成一坨？万物有灵，你不敬它一丈，它焉得敬你一尺。希求与钱交好，第一件事是随时整理钱包。

他们甚至建议，每天回家后，要将钱包恭迎到一个特定的清洁所在，并为它盖上洁净的手帕，令其好好将息。

回想起自个儿每次碰过钱，都像拿过毒药——因为据说流通过多人多手的钱币病菌超多，但显然这不是钱本身的错——难怪钱不鸟我。

现在，虽不至于像日本人，恨不能将每张纸币消毒、烫平，但我会：

* 定期整理钱包，把钱币卷曲的边角捋平，按金额顺序排好。
* 丢掉过期票据。
* 不再随意在钱包里搁置有害无利的身份证等闲杂卡片，但会放家人的温馨图片——美好的东西都有相似的灵魂，真爱的磁场会吸引到金钱。

3. 与人谈报酬时，不再羞赧。

从前与人说报酬，总是声音忽地低八度。为什么？因为钱很恶心，还是认定自己不值钱？但现在，我决心从蠲除声音里的颤抖感开始，因为我精益求精的努力绝对值这个价。当然，也不会多要，贪婪如同跳脚跑步，长此以往戕害身心不说，速度上得来才怪。

4. 找到离钱最近的地方。

如果不是天生财商高尚，一眼望去黄金遍地，那就做自己真心喜欢的事吧。比尔·盖茨的初心并不是成为世界首富，而是在计算机的世界里尽情挥洒罢了。做一份怨气冲天的工作，即使赚到钱，也必然留不住——这就是为什么有些人好容易赚到一笔钱，却不是丢掉就是生一场大病花光它的原因。

5. 不吝钱。

也许还不够老，我一向不以为钱是省出来的。该花的不花，钱会以为你不需要它。那么，什么是“该花的钱”呢？三毛说她在按摩方面从不吝钱，因为她总是浑身疼痛，但在吃的方面可以省一点。

之于我来说，不肯吝钱的地方有美裙、好书、旅行、按摩……有点贪了？没办法亲爱的，好车都需要高保养嘛。

6. 量力理财。

你不理财，财不理你。就算理财不是个人强项，也绝不意味着可以脱卸基本职责。弄不懂股票，将活期存折里的钱转入支付宝、理财通总会吧？如果连这点基本的懂得和尊重都没有，也难怪钱钱见你绕道就走。

7. 深爱，但不贪。

我认识一位白手起家的女士，她的揾钱秘诀是：赚一万，给客户九千，只给自己留一千。区区五年，她个人资产上亿。

正如再花痴不已，仍需谨记底线——他是他，你是你。万物有灵，钱也是。如果强行霸占死不撒手，钱也会恼羞成怒。反之，珍惜而不圈宥，才是最好的关系。

8. 能用钱解决的事，都不算大事。

钱虽有万般好，但终不能解决所有问题。你看这个世界的角度，所能够感受到的美与痛、生与死……终究只得靠自己。

看穿这点，无论怎样深爱金钱，都不会彼此拖累。

我家宝宝没有舅舅了

这个春节，是我认识他后，唯一没有收到他祝福短信的春节。我很诧异，但觉得既然节后能见，不在这一时一事……我谨遵友训，殷殷地给一些“有用的朋友”发了祝福的信息，但是，没有发给浮白。除了熟不拘礼的恶习，潜意识里一定还有“反正这个朋友这辈子踢都踢不走了”的自矜。

前年清明节前的十一天，我的朋友浮白殁于沈阳，距离他 39 岁生日还有五天。

听见这个消息，是 3 月 25 日午后。一上线，就迸出这个朋友的留言。怔了一下，我很慌，第一反应是去看日历——离愚人节还有好几天呢！

再说一般人谁会拿这个开玩笑，KAO。

赶紧拨电话给留言的朋友，浮白最好的朋友之一，乐途网副总裁晁夕。晁夕说他刚从沈阳——浮白的家乡回来，已经把浮白“送走”了。

我明白他的意思。可这也太快了，不都说要停灵三天吗？

“谢谢你去送他……但你怎么不早告诉我？”
“我也是刚知道他病得那么严重，立刻跑去了，没想到送到医院立刻就不行了。”
“什么病？”
“不知道。他坚持不肯去医院。”
“他，走的时候，很瘦？”

浮白的病是去年夏天我休产假那会儿开始的，说是吃东西就肚子疼，他一直在吃中药调理。但看他气色尚可、活动自如，我们都没往心里去。但鬼才知道他会死，而且从年前到现在，这么快。

“骨瘦如柴……”大约是听见我顿时涌上喉咙的哽咽，晁夕喃喃地道，“逝者已去，我们都要好好活着。珍惜家人，保重身体……”

放下电话，整个人钝钝的。浮白……死了？前几天，也许就是3月23日黄昏，我还在琢磨：浮白这家伙，年前就回沈阳老家休养了，现在都三月底了还不回，他这个关到底要闭到什么时候？回来我得和他好好聊聊。

年前给他发短信，说请他吃好吃的。他回信说在闭关，不宜见客。原来……我真是个酒肉朋友。

有什么哗的一下蒙住眼睛。

彼时我正在办公室，面前唯一的活物是电脑，能做的似乎只有很三俗地在网上倾倒我的震惊与悲痛：纪念我的好友浮白，愿你在天堂得到真爱、微笑与平安。

刚发出去数秒钟，桌上的电话就响起来。是浮白的一个熟人，问我："他怎么了？"我的泪再也止不住，汩汩落在话筒上。

没想到对方也在电话里啜泣起来。我颇有些诧异，不由得浮白附身般直愣愣地问："你和他并不太熟，怎么也哭了呢？"

我想起之前，她曾多次暗示我疏远浮白。

"那现在我们还能为他做点什么吗？"对方说浮白这样年轻就遽然逝去，自己心里难免不舒服。

我说："给钱吧，给他的老父亲。他母亲早逝，老父亲七十多岁了，白发人送黑发人……我们都已为人父母，应深知这种大恸胜过五马分尸。"

对方沉默着。

我体贴地说："你和他又不熟，你不用出钱的。"我的月亮星座是天秤，素向照顾别人的感受，压抑自己。

我承认在办公室里止不住地落泪是 SB 行径。但那是我超过十年的朋友，我家囧妞的舅舅——浮白啊。

是的，妈妈是独生女，囧妞原本是没有福气拥有舅舅的。但是，好在她有浮白。那个我的精英朋友们多半都不甚欣赏的、我最好的朋友之一，浮白——我真的欣赏浮白吗?

第一次见他，是一个金秋，CBD惠普大厦。晁夕、浮白还有我，一起去采访一位一口气卖出1600台HP笔记本的女孩，我还记得她姓胡。

当时我穿了一条裁剪得曲里拐弯的白色单肩纳帕佳背带裙，浮白穿着一身貌似家做的牛仔蓝棉布裤——我们是如此的不同,从外在看没有一点相同，但我们居然渐渐成为无话不谈的至亲好友。

毫无疑问，这首先要归功于浮白。他是一个对朋友极端包容的人，除了后期身体原因，我不记得他拒绝过谁。那句话怎么说来的？穷在闹市无人问，富在……

浮白一直过着非常朴素的生活。作为基督徒，他具有众多无上的美德，但是他缺乏MQ——钱商，这个世界上目前似乎最重要的能力。

北漂十几年，他最常做的职业是自由职业。最稳定的日子，是2005年到2009年，租住在通州一套两居室单元房里的时光。

那会儿子他先后在一家内刊集团公司和一家民营出版公司当编辑。前者是晁夕夫妇帮忙介绍的，后者是我。他离开后一份工作是身体原因，离开前一份是因为“上司不懂装懂，瞎指挥”。

咦，“瞎指挥”的上司很稀奇吗？要是大家都不忍，坊间起码80%的公司都将开不下去。怎么偏就你牛，怎么就不能为五斗米将就呢？

但是，浮白在另一些方面比我们能将就得多。他可以住筒子楼、吃刀削面、穿小摊衣，而神色安然。这座都市自诩强大的人，谁能？

说来很搞，第一次去天安门附近的贵宾楼红墙咖啡厅吃那著名的自助餐，却是这位常以刀削面为三餐的主儿请的。彼时他帮一家公关公司做文案，报酬之外，人家送他两张餐券。

确实很美味，我很快乐。他也很快乐，因为我很快乐。

那次吃饭，我印象最深的是他说的一句话：“你跟这里很配，可我像个异类。”

可能吧。我的主业之一就是要自己貌似和这座都市很配。而他的主业……他说，每日早起，豆腐脑、小笼包毕，写稿两小时，阅书一小时，与朋友电话半小时，刀削面一碗，午觉两小时，游泳一小时，跟朋友喝酒吃烤串两小时，阅读一小时——好日子。

他说跟贵宾楼比，他更喜欢大排档。我以前认为他在自欺欺人，我的精英朋友们则认定他是吃不到葡萄说葡萄酸。但委实，我从没见过他因为吃刀削面而悲伤，因为吃润海福（注：我家门口的一家不错的韩国料理，店主是虔诚的基督徒，每周日因做礼拜而有生意不做，放假半天）而额外快乐。

外在如此不同的两个人，为什么可以朋友一做就是十余年？

不怪那位熟人不青眼浮白，那是因为我忘记告诉她：第一个告知我，真正的幸福来自内求，而绝非外在的人，不是胡因梦，不是克里希那穆提，不是星云大师，也不是艾雅·凯玛，而是浮白。

那是在几年前的一个深夜电话中。那段时间我睡眠很差，以至于要借助于褪黑素之类的安眠药物。但是，感谢上帝，我有浮白。他允我——或者说，允他的任何一个朋友（我说过，他的朋友并不多，但都很铁）——24 小时打搅他。

无论何时他都在。即使一时不在，他也会在第一时间回给你。我跟他说，说了很多，几乎什么都说，童年、父母、恋爱、工作、写作、哲学、未来……是，解决不了任何根本问题，但在冗长繁复的叙述中，人被渐渐放空，变得安静下来，从而为厘清、找到甚至挽救自我匀出宝贵的时光。

我买了房子，他协助我找搬家公司。我出门旅行，他帮我照看小狗。他推荐给我的每一本书，几乎都令我更看清楚自己一点……自然，有人笑着问："你们俩什么关系？"

也是，我和他在一起的时间，比我恋爱的时间还要长。这似乎不对哈，这不耽误我恋爱嘛。

我恋爱的时候，他远远躲开，静静看着。我要倒了，他就扶一把。我做了糗事，他也帮不了什么，但感谢上天，他竟从不评判，过后仿佛从未发生过一般。

我自问做不到。我的朋友误入歧途，我就算不笑话，也得以悲悯的名义劝解一二，务必要人羞愧改过才好——我这算什么人啊。

所以我们也会闹别扭。譬如我薛宝钗上身，力劝他仕途经济些。也没什么不对吧？他又不是贾宝玉，他只是一个矿工的小儿子。就算是贾宝玉，末了不也妥协了吗？谁能牛得过这充满钱香的世道？生病后期，他躲起来不去医院，不能说跟钱没有一点关系吧。

那顶黄色遮阳帽，还是我怀孕的时候，请他去崇文门国瑞城吃豆捞，他陪我在国瑞城 H&M 专卖店买的。帽子还在呢，可他走了。这世界上不再有脸庞黑黑的他，笑起来半脸褶子，身上老带着我讨厌的烟味儿……

那年浅秋，他就是上面那副德行，和晁夕一起来我家看囧妞，笑不滋地送上一点钱——钱不多，但彼时，他因病失业已经大半年了。

当时他已经瘦了十斤，但因为底子好，还看不出太大差池。他和我说起刚刚结束的恋爱——都快结婚了，但因为生病，他和人家大吵一架，把人家赶走了。

“我不想连累人家啊。”他说。

他还想多说一些什么，但是囧妞哭起来，我抱歉地说：“真不好意思，孩子哭了……下次吧，下次我请你吃好吃的啊。”

那是我们的最后一面。

我是个浑球，他是多么珍视他的最后一次恋爱——都差点结婚了啊，但是我连多听几句的耐心都没有。

他曾经在电话里，听我唠叨到天亮。

唯一差可安慰的或者是，后来我打了好几次电话给他，还有短信，或者问候他的病，或者给他提供工作机会，或者想请他出来吃饭。据说，他春节后丢了手机，我辗转联系到他，问他要不要做一份很适合他的工作……

无论我的精英朋友们怎样劝我“不要无效社交”“尽量多结交有用的人”，我仍然坚持拨出时间，留给曾经陪我走过黑暗的朋友，我家囧妞的舅舅，浮白。

但是，也许除了浮白，这座都市里的每个人都是很忙的。我也想过，可终于不曾去过他寄居的筒子楼去看望他。

春节前再次短信请他出来吃饭，他照例说在闭关——那时候他可能已经不行了，但他坚持不说，只是答应我节后见。

这个春节，是我认识他后，唯一没有收到他祝福短信的春节。

我很诧异，但觉得既然节后能见，不在这一时一事……我谨遵友训，殷殷地给一些“有用的朋友”发了祝福的信息，但是，没有发给浮白。除了熟不拘礼的恶习，潜意识里一定还有“反正这个朋友这辈子踢都踢不走了”的自矜。

但是，真的来不及了……我们总以为还有很久。可是，也许，下一分钟，我们就再也见不到所爱所亲所敬所想的人，永生永世——

在能亲吻孩子的时候，一定要多亲；在能拥抱爱人的时候，一定要多抱；在能为朋友做点什么的时候，一定要多做；在能给父母洗脚的时候，一定要多洗……

禅宗曰：人的痛苦和烦恼来自欲望。欲望又分外五欲和内五欲：眼贪好色、耳耽妙声、鼻爱名香、舌嗜上味、身触细滑。内五欲指饥思食及渴即饮、贪图金钱、希求美色、爱好名望、贪图安逸。

除了饥思食及渴即饮，这些与生俱来寄生虫般的烦恼，完全不能羁绊浮白半步——在整个浩淼宇宙中，究竟谁才是所谓的弱者？

亲爱的浮白，你的朋友不多，但我们个个都为你真诚地哀伤。我们都彻心彻肺地祝福你：愿你在天堂找到真爱，身心静好。

愿我们来世仍然是朋友。

这个我曾想要掐死的男人

我实在不是一枚传统意义上的贤妻……充其量只是新派仙妻而已。据我刺探，该款太太未必是他本意。如果还要剥夺他下半辈子心猿意马、乃至春梦成真的可能性，真有点担心他将兑现踹我去给王母娘娘捏脚的夙愿。

才子高晓松又离婚了，我倒不觉得意外：“他连一个区区四五年的清华都懒得坚持下来，何况一个漫长婚姻呢？”（注：高晓松曾由清华退学。）

这个男人轻叹口气，悠悠道：“婚姻这码事……说实话，是挺磨人的。”

“这分明是每个过了蜜月期的婚姻中人的心声嘛！”有心惯性上手掐之，又扑地笑出来。

又想：好好一个人男人，被逼成丈夫已经很惨，还被同一个女人逼成过两次……也算得上千古奇冤了吧？

哎，算了。

一直记得第一次跟这个男人讲话的情形。

偶遇，顺口问他忙什么。他说 ×× 胃疼，给她送药。×× 是他的前女友，每个人都知道是她甩了他，傍大款去了。但她一个电话，他就颠颠儿地为她跑腿去。

但这跟我没关系。我继续为不知选哪个男人头痛。其实，有个医生男挺令我心慌意乱。我知道他也喜欢我，但交往好几个月，不知为什么却不能走得更近。他曾说请我去见他妈，我顺口提了句某总的儿子追我，他立刻黯淡了眼光，说："嗳，我就知道，喜欢你的男孩一定很多……"又过一阵，他说想来拜访我妈，我顿时想起我妈岌岌可危的谈话技巧以及糟糕的装修品味……当即抱歉地说："不好意思，再等等吧。"

第一次跟这个男人约会——如果算是约会的话，是偶然说起我想打乒乓球，他说他也喜欢，于是无聊同去。

暮春的黄昏，夕阳正好，打累了，坐在草地上聊天。说起抉择不易，我无病呻吟地说："嫁人难啊。"

"那不如嫁给我吧。"他笑嘻嘻地看着我。

我诧异地头一回正眼打量他，天蓝墨蓝拼色衬衫，浅灰长裤，瘦高挑，算是体健貌端吧。

虽然就一普通人，但只要不瞎不麻不瘸不拐，女人听了这话，通常都不会翻脸。其实，对前女友好，只要别好得又滚起床单来，是会为男人加分的。何况他不过是在开玩笑……吧。

之所以第二次答应和他一起打乒乓球，完全是因为我心情不好。那都是些什么男人嘛，说喜欢我，却不能带给我欢喜。

倒是和这个男人在一起，虽无狂喜，却零压力。打完球，他说请我吃饭，谁知点了足够六个人吃的菜量，完了还豪气地一挥手，说："不用打包。"

我开始有压力了——也许，他有点认真？

当时情况是这样的：那位令我欢喜令我忧的医生男住在城的另一头，而这个男人住在离我家步行十五分钟的地方。于是，虽然我和医生男交往在先，可一周最多只见一面，跟这个男人却每天都能见到——在我上下班的路上，我经常"偶遇"他。

当然我可以摔下脸子。但我竟然没有。除了因为寂寞，是不是也代表……起码我不讨厌他？

我倒不以为这是脚踏两只船。因为我清楚地告诉这个男人，一会儿某某要来找我。某某就是那个令我开始写日记的医生男。

这个男人说："那好，玩得开心。"然后转身走了。

结果，那天我和儒雅的医生男约会时完全不能专心。医生男在玫瑰花丛旁为我唱情歌的时候，我心乱如麻。心想我这原本一锅粥，哪禁得住又掺进这么一坨……呃，成分不明物？

有心跟医生男说起两小时前和我一起打球的那个男人，又想起早前和他提过一句有人追我，他就面色惨淡如遭雷击……只好把话又咽回去。

下周五，收到医生男的一封信。我并没有告诉过他通信地址，所以收到信时有些惊喜。信里是一首小诗：

说是寂寞的秋的清愁，说是辽远的海的相思，假如有人问我的烦忧，我不敢说出你的名字。
我不敢说出你的名字，假如有人问我的烦忧，说是辽远的海的相思，说是寂寞的秋的清愁。

我知道这首诗的原作者是戴望舒，但心还是怦怦直跳。我把那封信平平整整地叠好，放进抽屉的最深处。

没人知道，当时我已非常厌倦这种所谓的小鹿乱撞。这种感觉文人吟咏起来可能很美，如果成天撞来撞去，着实有些吃力。我就这么一颗小心脏，得抠着点儿使。

周末，我应约和这个男人去看电影。刚进家门，电话响。我妈告诉我是医生男，打来好些遍了。

话筒里半天没声音，我有一种不祥的预感。“我看见你和一个男人………

是那个某总的儿子吧？我晚饭都吃不下……”果不其然。

如果我告诉他，其实这是另一个男孩，且已向我求婚，他会不会当场摔掉话筒？

我无言以对。是我不好，他唱情歌的那次，我就该告诉他的，可是……我开不了口。

“……把信还我。”他的声音像在哽咽。
“好……对不起。”

放下电话，我倒头就睡，一夜无梦。
难道我日记里写的那些纠结都是假的？

纵然被 CUT，总得活下去。我告诉这个男人，关于我们的看电影被医生男瞧见。

他说：“哦。”然后问，“那这周末你想去看什么电影呢？”

医生男后来又给过打过我两个电话。一个是道歉，说那天急了点儿。另一个说，梦见和我一起在阳光下欢笑，希望能再见到我。可惜他说梦见我那会儿，我已经打算和这个男人结婚了。

闪婚，其实是我的馊主意。过 23 岁生日那天，我妈在病床前殷殷把我叫过去，切切叮咛道：“你爸说了——女人过 25 岁就老了，你得赶紧把自己嫁出去。”

在我大学毕业之前，他们严禁我恋爱。这才一年多，他们又开始担忧我老到没人要……为了转嫁这种压力，也为了躲避那两个不擅长快乐的人，我和这个男人说：“我想结婚。”

他想了一秒钟——也许是愣了一秒钟，说：“那就结啊！”

注册那天，天气完美，万里无云。我心情忐忑，估计这个男人也相当迷茫。我赖在路边不肯走，他懒得计较，只好对着滚滚车流大喊“我爱你”——以完此劫。

嗳，太聪明、太清洁的人真不适合结婚。

童话里说，公主与王子结婚了，婚礼进行了三天三夜，从此过着幸福快乐的生活，直到永远……不知是不是因为缺少三天三夜婚礼环节的缘故，我们的新婚生活不怎么顺利——一个为逃避父母压迫结婚，一个为了莫名其妙的荷尔蒙冲动结婚，顺利才见鬼。

除了未曾筹谋给对方投毒这一共同点，从三观到洗澡频率，我们基本没有趋同处。这档小孩子扮家家酒似的婚姻之所以能够持续数年，多半仰仗这男人得过且过的功夫。

当然不能说，我从未在这桩婚姻中得益——婚后数年，我还常被人说“不食人间烟火”。得承认，这跟家务基本由这个男人包办有关。可惜后来方知，他对此颇有意见。

不过，最令我一班女友大跌眼境的是：这个男人明明知道某男婚前即对我有意，婚后或许还暗存若干小暧昧，但是，他竟肯亲身送我们俩同去外地旅行——

我却隐隐知道为什么。他曾给我讲过一部他念念不忘的日本电影：两个男孩同时喜欢一个女孩，于是双双和这个可爱的女孩出去旅行，甚至睡在一张床上……而相安无事。

忆及那女孩纯真的眼神时，这个男人无限神往。说那女孩绝不是别人以为的劈腿坏女人，她内心还只是个婴孩……

只有心底干净的人，才会信仰这样的故事吧。
也曾问他何以如此“大度”，他淡淡地说：“你就不是那样的人。”

女友们说：“你不是，不代表他不是。”尤其后来，我们因为工作分居两地，一两月才见一面，见面也是小孩扮家家酒般一起吃吃玩玩。此间印象较深的事件有二：

1. 他来看我，我们去朝阳公园坐过山车，我害怕尖叫，他在颠来倒去的凌空中喊：“别怕，元元，有我。”这种话在平地上，他从没有说过，故记忆深刻。

2. 也是他来看我，坐了一夜火车，早上刚进门，我们的小狗螃蟹就生宝宝了。他来不及换家居服，洗手找出剪刀用火消了一下毒，就开始为螃蟹接生——一连接生了六条狗 BB。

但女友们咬牙切齿地说：“他肯定在外面有人。”我却不是特别关注他是否有人——这是不是说明我已不爱他？我们甚至连架都不吵了。很多男人对婚姻的期待就是“不吵架”，殊不知一个女人连架都懒得吵了，多半是不爱了。

那么，这个男人对我是否还残存爱意？我从未向他要过钱，但他见面时常塞钱给我。我每回独自出门旅行，他都会转一笔钱给我。

我的意思是，一个男人完全不爱一个女人，是不会为她花钱的。这绝非男女关系的全部，却是根基。

可是，一个嗜美如命的女人，是没法靠光秃秃的根基过日子的。何况除了他最好的一个哥们儿，人人说他配不上我——仅从装逼指数来说，是这样的。

找不出继续走下去的必要性，我提出分手。

他初始拒绝，禁不住我一再坚持——实在不明白他在坚持什么，难道婚姻只是一月一会的酒肉儿戏？

他终于签字同意。因为房子买在我工作的城市，所以他把房子留给我，只拿走家里一点积蓄。后来房价飙升，却也没见他擂胸追悔。

从民政局出来，在一家咖啡馆坐下。垂头无语半晌，两个人都哭了。

奇异的是，这个男人仍然保持一两个月来看我一回的频率。电话也并没有比从前少打。更奇异的是，虽然每次来都会事先打招呼，进门必敲门，但我并没有收掉他的家门钥匙，也没有换锁。

最奇异的是，他居然悄悄地换了一份工作，新公司竟位于我在的这座城市……

只是这样诡异的日子并没持续很久。我的笔记本坏了，他拿去帮修，在开机界面上赫然发现另一个男人揽住我臂膊的合影。

“这人是谁？”那几乎是他对我最严厉的一次质问。
我沉默，因为说不清。

事实上，我和照片里的那男人原本是并肩站着的，但是镜头揿下的一瞬，他突如其来地揽住我的臂膊……我不记得自己为什么没有删除那张暧昧的照片。我知道那人喜欢我，但是，我喜欢那人吗？

分，难过；不分，却又处得如此晦涩。看着这个男人离去的背影，我的心嘶嘶作痛，却也有一丝解脱。

作为“过来人”，我深深感到，相较“婚姻”二字遭到的冷嘲热讽，“恋爱”实在是个被高估的幸运字眼。除了起头互相探底的那几个月，多半恋爱中后期的涵养，实在还不如大多数婚姻善意、饱满，所以才有“人生若只如初见”的落寞乌托邦。

纵然心神迟钝、磨叽成性，我亦很快厌倦了这凌空蹈虚的游戏。但是……为什么想到“结婚”两字，最先跃上心头的，仍是这个男人的名字？

分开数载，我们断续有些浅淡交往，连好朋友都称不上吧。我不大清楚他是否已有正牌女友，但是，当他在电话里应允和我吃饭的一刻，素向优柔寡断的我，竟然胆敢在心底断言：“嗯，就是他了。”

听见这消息，我的智慧女友炳青笑了一下，悠悠道：“我的一位复婚女友，新近再次离异。原因？呵，因为他们卡在初婚时同样的问题上。”

我怔了半晌，心想：这家伙，眼真毒。的确，这是每一档复婚的索命牌。

没错，我们之间的问题也依旧啊——虽然这个男人从未阻止我做一切喜欢的事，包括下单每一件入得我眼的连衣裙及与异性单独吃饭。以致复婚数载，很多人仍以为我单身。但从洗澡频率到读书频率再到旅行频率……我们仍然形同天壤。

但这次似乎……不，确实有些不一样——那句话怎么说：“真爱自己，和谁结婚都一样。”无论遇见谁，到头来遇见的都是我们自己。

当然，正如再恩爱的夫妻也有起码 200 次想要离婚，50 次想要掐死对方——实在不止一两次，我气贯囟门，恨不能当场一脚踹飞这个实则执拗非常的男人。踹得越远越好，最好踹去玉皇大帝家做保洁。

毋庸置疑，难得此情此景，我们心心相印。

令人讶异的是，我们竟都没有下手，而是双双苟活至今——这个毫无逻辑的故事的后来？后来，我们有了可爱的宝宝，这令我们企图踹飞对方时，多了三秒钟的迟疑。

常见人在微信、微博及一切公众场合志得意满秀恩爱。作为出风头业余爱好者，我屏息长考……断定自己在这方面毫无可秀之处。因为我觉得我们为彼此做的每一件事，包括屡屡捺不住想要踹飞对方的怒火，都如此家常、该当，不值一提。

当然有时候私下里，我也会善心大发地说："谢谢你，虽然 bug 甚多，关键时刻基本没掉过链子。"

他说："哦。我在看书，你挡我亮了。"

啧，这样的男人是不是暗含"想要被踹飞"的基因？不就是看个《鬼吹灯》。除了小时候读的《三国》《水浒》《西游记》，恐怕这是他看过的最伟大的名著了。幸好读书数量跟婚姻质量并不完全成正比。

还好那天看到一句话，方得聊慰我心：好的婚姻是什么呢？好婚姻就是吵架冲出门后，回来顺便买个菜。

好吧，如果这样说，我们还算过得去。

听见刘欢接受采访时提及老妻，眼神温润，浅笑模糊，自然地说："这辈子就是这个人了，不换了……"作为骨子脱不掉的温情主义者，虽然本能地感动，但思忖良久，断定自己对这个男人，决然说不出这样阴雨天吃刚出锅芝麻汤团般的滚烫话。

而奇异的是，作为甜言蜜语的迷恋者，万一他发癔症说这些给我，我必也抱头远遁……

承不起呀。我实在不是一枚传统意义上的贤妻……充其量只是新派仙妻而已。据我刺探，该款太太未必是他本意。如果还要剥夺他下半辈子心猿意马乃至春梦成真的可能性，真有点担心他将兑现踹我去给王母娘娘捏脚的夙愿。

佛教徒炳青说，她可以做到为从 15 岁起就喜欢上的那个男人，亦即她的丈夫，养私生子。不为别的，就为爱。

狭隘如我，自然没有如此博大心胸，但如果盘点这世上子弹飞来，我本能就冲上去为其阻挡，事后在九泉之下虽难免后悔，但还不至于抓狂的人，这个男人也许大概可能……算得上其中之一？

当然，这并不妨碍他脱下臭袜子，并且随手乱丢的一刻，我只恨不能一脚踹飞之。

有女友问：“他为什么一直在你身边，即使离散终又复还，中间是否相与过其他人士？”

“据说，是没有的……”我还真没想过这个问题。
“怎、么、可、能——”女友嗤之以鼻。
我妥协道：“那就当他没找到比我更好的吧。”

倘若有那么一天，这个人凝面宣布：和另一个女人在一起更幸福。我虽本能地气成乌眼鸡，但是……色厉内荏如我，想而又想，居然决定——

我乐意顶着一双乌鸡眼，向这个将前半生基本献给我的男人含笑致意，并对他说：“谢谢你待我一直不寒，现如今又允我另一种幸福的可能性。保重。不送。”

找个坐月子也陪你看电影的男人

有一个男人，他不是你的男友，也不是你的暧昧对象。可你们亲密无间，毫无顾忌。在所有人都不了解你的时候，唯有他懂你。你们牵过手，一起看过电影。可你们从不接吻，从不说“我爱你”……

那时候，她远没有现在这样出名，只是一个慧黠俏皮的小姑娘、社会新鲜人。

偶然认识两位正筹划创业的帅哥，偶然一起喝了顿酒。按照世俗的眼光，她并不算漂亮，但酒酣深聊处，俩帅哥却为她的灵气与谈吐大为折服——真是万里挑一的颖异姑娘呀。

也难怪虽然困境重重，这哥俩愣是一举创业成功，人家有眼光呀。17 岁的美女年年有，敲敲头顶、脚底板会玎玲作响的剔透女子才真稀罕。他们开始虽然不定期但不可或缺的聚会，三人行的那种。

彼时这女孩已有男友，那俩帅哥也名草有主。这令他们难免些许怅惘之余，也心照不宣地暗自松了口气。

难得的是，他们与对方的爱人都见过，但没人对这种“三人行安全型啸聚”提出异议。

连爱人都选得那么妥帖，可见他们是真聪明。

有一回她喝高了，他们也没少喝，一左一右架着她在路边狂吐。然后三人把车丢在路边，一路搀扶踉跄而去，共唱一首《光阴的故事》。

光阴荏苒，她没有辜负自己的才华，一朝成名。他们当然很开心，为她，也为自个儿的慧眼独具。

虽然她越来越忙，比摊子越铺越大的二位帅哥还忙，但他们的聚会并没有受影响，依然好酒好菜、美景美言。

一个人真心想做什么事，一定挤得出时间——这聚会比当年还要意蕴珍贵，令如今纷纷跻身成功人士的他们，得以在纯净的、私密的、无垠的小宇宙里抖落毁誉的残片，栖息奔波的魂魄。

这档友情的高潮之一，是在她怀孕七八个月挺着大肚子的时候，她说了句行动不便好无聊啊，他们俩立刻放下手里的万机，由东西城一齐赶来陪她去郊外散心。

她笑着说：“那天，是我先生开车到一个地方，把我卸下来交给他们的。”

要知道那会儿，她还没出什么名。不过，更高潮的是，她生完宝宝在家坐月子，有一天偶然家里人带宝宝出门，就她一人在家，他俩双双摸上门来，一进门就跟胖了二十几斤的她来个大大的熊抱。

然后，带她出门去看了场热映电影，算是为她的月子或者说人生，缀了朵永不凋零的花。

对了，下个月，待她为女儿办完 3 岁生日派对，他们仨将把臂同游大溪地。

哎呀，真是的，男人对自己的太太，都未必有这样的心意和热情——眼见我们几个女人听得哈喇子都要流出来，她嫣然一笑，道：“跟异性朋友长期混迹，就算再不来电，也难免日久生情。我们的友情之舟能安全行驶这么久，是因为我从不与他们中的任何一位单独约会，从来都是‘三剑客’同出同入。”

嘿嘿，亲，放心吧，咱懂。你当然不丑，而且越来越美——真正聪明的女人，焉得会令自己难看？

女人太美或太丑，都不易斩获真正的蓝颜——虽然现在有称男闺蜜的，但我还是以为“蓝颜”二字更尊贵些。

蓝颜比爱人其实更不易得。

如果说后者是天理昭彰、铺天大雨，前者就是赶巧不巧、东边日出西边雨。除非对方是 GAY，说蓝红颜之间毫无异性相吸，我坚决不能相信。

也许，蓝颜之美，就在这私密与节制的平衡上，多一分则成暧昧，少一分则不成隽永滋味。

究竟怎样的男人才称得上蓝颜？你说的每句话他都懂？你在朋友圈发的每条帖子他都点赞？分分钟拎得来？甚至乐意陪你逛街？曾经陪你旅行？如果单身，24 小时为你开机？可以在他面前飙泪到睫毛油花掉而不觉得难堪？在彼此婚礼上的鼓掌既平静又热烈？或者，可以彼此借钱？等等。

有人在微博上如此定义：有一个男人，他不是你的男友，也不是你的暧昧对象。可你们亲密无间，毫无顾忌。在所有人都不了解你的时候，唯有他懂你。你们牵过手，一起看过电影。可你们从不接吻，从不说“我爱你”。我想这就是蓝颜知己吧。

但高潮不在这帖子本身，而在后面的神回复：蓝个蛋啊，这 TM 不是你爸吗？

确实，想要拥有如此“亲密无间又干净无比”的关系，需要耗费的前世福祉绝不比找到 Mr. Right 更少。

实话说，相当长一段时间，我对此几乎不抱指望。这种灰蒙蒙的绝望感，当然是以小山般血淋淋的尸骸为基底的。曾经也有男士，每回出差都会绕道来我的城市，身为超级工作狂，特地匀出宝贵的时间与耳朵听我絮叨。我去他的城市，他会放下一切“三陪”（陪吃、陪玩、陪聊）和我通电话，多会儿都是我先挂……爽啊。

直到有一天，他说出了三个字，且不是“借点钱”。

如是错位数次后，只好绝了“左手爱人，右手蓝颜”的奢想。倒没因此轻看男人，只怪自己不够淑女罢——所谓淑女，就是懂得如何阻挡男人的进攻，又不使其尽快撤退的女人……我承认我在调侃——世间多半调侃，都来自曾经的痛点。

后来，由于进入女性为主的时尚类媒体圈的缘故，当然主要还是因为自己功力不逮，在相当长一段时间内，我身边的朋友性别基本为女。当然，我们在一起非常开心，只是少了和这个世界上另一半人成为朋友的机遇，以及由另一个角度看世界的可能。

再次关注蓝颜话题，是有一回参加秋微的新书发布会。

那是我参加过的最有趣的发布会。从头到尾，秋微请来的几位帅哥蓝颜：戴军、李响、刘同……都在“踩乎”她，而在熟不拘礼的“揭短”外壳下，内里全是饱满的懂得、维护与心疼……直听得大伙儿边笑边眼眶发热——不仅因为感动，还因为羡慕嫉妒：秋微同学这几位蓝颜个个才貌双全啊，按照世俗意义来说还都是名人级别。

在这个同吃一场饭都是莫大恩惠的浩大都市，秋微同学是怎样做到将百忙之中的他们一召即来的呢？

回去我就私心重重地做了一个选题——没有蓝颜的人生是不完整的。

嗯，对于聪明大气的女人来说，拥有月子里会陪你看电影的蓝颜，并没有那么难——

首先，做好朋友。

都说夫妻最好的关系是好友，其实蓝红颜也是。交朋友没捷径，唯仗义而已。对方需要协助时，你鼎力相托，无需赘言，对方自然就认你了。

这点秋微同学做得尤其好，从戴军到刘同，人人都讲得出一堆“那些年，秋微帮我做过的事”。而且都不是一般朋友肯为你、能为你做的事。

其次，距离感的拿捏。

这不是矫情，而是艺术。对此，秋微的心得是：一起厮混久了，难免有时会发现某人看你的眼光有点不对劲，这时候需格外拿出哥们儿状，比如当着大家的面哥们儿似的大力拍他肩膀。

另一位女作家朋友坏蓝眼睛的招儿更逗，她会在一开始就快刀斩乱麻，直接告诉对方说：“我性冷淡。”

做不到如此爽利也不必忧心，万物磁场都是相互影响的，如果你自己心里真没有，对方也可以真没有。

当然完全没有，也有点无趣……吧？就像采访香港演员李子雄时，这出名好的男人坦白：曾经和某红颜一起出行异国，同吃同住把臂同游，结果？什么事情也没有发生……

我当即想起张爱玲说的话：“他调戏你，你会说他不是个君子。他不调戏你，你会说他不是个男人。”

哈，蓝颜难做呀。所以说不要轻易考验人性，再亲香无间，还是尽量避免孤男寡女深夜同房，以绝“要不要礼貌性上床”的尴尬。

然后，共同成长。

人在微时交下的戴笠友，跟在盛时结识的锦上花，意义完全不同。也许你会表白我们之间没有利益纠葛啊，我只是喜欢你的傲人品格啊——对方敢信？

秋微与她的蓝颜们，彼此皆相悦于几乎一无所有的初遇。那时候他们除了年轻、才华与善意，几乎什么都没有。摧毁这种情谊，等同于摧毁一个人的前半生。

当然，其中有一个相当关键的枢点，那就是：共同成长。如果有人原地踏步，对方自然会出手相帮，但再三掉队，结局可能就不妙了。

最后，过个明路。

只消扪心自问，便很容易理解爱人对于蓝红颜的感受。

按说这本不是什么难破的事——如果你原本蓝红颜众多，就不要找擅长拈酸吃醋的人。比如采访“中国好蓝颜”戴军时——众所周知，从李静到瞿颖到秋微到……他的好妹妹需论嘟噜数。谈及他未来的爱人万一介意怎么办，他的回答简洁明快：“我就不会找那样（多疑）的女人。”

在我年少无知的时候，曾有所谓钻贵与我谈条件：“（和我在一起）你不能跟异性接触，通电话也不可以，通工作电话也不可以。”

虽然略有不舍，我还是本能地拔脚就走——感谢我素来敏锐的直觉。和这种人在一起，就是去按摩时想找个手劲大点的小男生，他都能当场甩脸子。说穿了，这种人外表跋扈，实则得有多自卑。

如果你喜欢飞，就不要找一个恐高症患者相伴。

一直到去年夏天吧，我身边的异性朋友才渐渐多起来。当然我的所谓多，跟秋微和坏蓝比，从数量到段位不过小巫见大巫。但要知道，距离上一次与爱人以外的男士从容欢喜地聊一些有趣话题，实在是已留白太久。

跟丈夫相比，蓝颜也许更负有 SOUL MATE（灵魂伴侣）的职责。他们有的擅长艺术，有的爱好旅行，有的喜欢哲学——我在与他们的沟通中睇见另一个陌生世界，仿佛婴孩初逢世间，时而喜悦时而讶异。

都市繁忙，其实我们并不常见，也绝不会刻意为对方的每个朋友圈点赞，但都知道对方就在那里，不远不近，彼此相安，下回聚会也从无陌生感，仿佛昨天还在一起倾谈。

有时候想想，这蓝颜有点像三毛在名篇《不亦乐乎》里说的：借邻居家白狗雨中散步，完后归还，不必清洁、喂食，不亦乐乎——也许这比喻有点不恭？连这点幽默感都没有，别做朋友也罢。

至于我的蓝颜能否在我坐月子时请我看电影，却是要靠岁月修习的——不知怎么，我乐观地相信我将拥有这样的美好人缘。

那么，我能给予他们什么呢？嗯，自诩还是个有趣的人吧。人总归会趋近放松喜悦，而不是焦虑纠结。当然，非常乐意帮朋友。

终究有点好奇，留心自察了一下，我发现这些异性好友的“忽然冒出”，终究是因为我与男性世界握手言和。或者说，我跟自己握手言和。谁都不是神，也都不是鬼，真诚平常心是所有关系的根本。

至于有人质疑蓝颜会不会上位成爱人，我倒觉得实属多虑。万物皆有妥当位置，如果不因贪恋外在虚妄而身心蒙昧，本心自会告诉你，谁应当留在什么位置。

倒是“备胎”一说，不妨私下里意淫一下——万一你们都活得比配偶时间长，而且长不少……

虽然只是想想而已，但已极大鞭策了彼此加倍好好活下去的勇气。

五行缺妈（上）

在我成长的过程中，尤其我进入青春期“不听话”以来，我妈曾不厌其烦地屡屡撩开衣襟，戳着那伤疤向我“痛说家史”。如果说起初还会起到令我顿时哑口的良效，后来则只能令她加倍气得哆嗦：“又不是我让你生的。”

茜茜的妈妈陪她去美国待产了，每天翻着花样儿给她做好吃的，陪她散步聊天，宽慰她远离丈夫的郁闷心情，和她分享读书心得……

真是羡慕得我眼睛都蓝了。听说阿姨也很快乐——等于出国旅游，趁机提升了英语水准，又能和出嫁的女儿好几个月亲密相伴……

嗳，即使我妈现在身体健康，我也不敢请她陪我去。不是因为她做饭水准比较可疑，而是她根本懒得——其实是不敢去美国。

好吧，我也根本不敢请她。她出门不认路，不擅长跟陌生人打交道，别说挑战新生事物的勇气，恐怕连好奇都缺乏……到时候谁照顾谁真说不定。

最关键的是，这位母后的脾性，实在不好捉摸。基本你跟她说啥，她一律答“不”，仿佛刚进入人生头一个叛逆期的 3 岁小孩。好在已经习惯了，在我成长的过程中，几乎每个关键时刻，都没有她的存在。

这期《看天下》杂志上，有一封女儿写给母亲的信——《你不是一个好母亲》。

文中历数了母亲对作者的种种冷漠，乃至暴戾。作者小时候，有次下暴雨，同学们都有家长接，当作者从空荡荡的教室一个人浑身湿透地跑回家时，却发现她母亲正倚在沙发上看电视……

母亲还因为贪恋物质，而与父亲以外的一个男人纠缠、暧昧。

这位母亲显然做得很糟。但信的结尾处，作者不得不深情而无力地表白：“虽然你不是一个好母亲，你曾毁了一个家的幸福……但我原谅你所有的错。最后，谢谢你带我来这个世界，我还是爱你的。”

——情感转折太快，恐怕作者自己也有点犯晕。但这是每个即使被妈妈伤得千疮百孔的女儿，也不得不给出的大团圆结局。一个不爱——甚至只是不够爱妈妈的女儿，等于根子是烂掉的。她没法若无其事地活下去。

那么，一个不够爱自己女儿的妈妈呢？
有时候会忍不住想：如果把我妈放在当下这样一个时代会怎样？

我顿时觉得这个假设太残忍。分明是把一只兔子扔到天上，并且嗤笑它四脚朝天、目瞪口呆加速坠落的样子。一个品位低俗的恶作剧。

何况，如果令我穿越到我妈的青春岁月——“文革”前后，我也是一只注定被猎枪爆头的蠢兔吧。每个人都有自己的业障要度，每个人都有自己的功课要修。

问题是，我们注定相遇，注定被捺在一起“亲密无间”。
我和我妈无话可说，已经太多年。

许多年来，我不懂男人不懂性爱不懂收纳不懂化妆不懂怎么挑文胸不懂怎么跟人沟通不懂职场甭管明潜各种规则不懂分享不懂自嘲不懂乖其实就是蠢的代名词……

我不得不常常疑心，自己是怎样苟存下来的。

一直坚信活得两眼一抹黑跌跌撞撞是因为我天生愚钝，后来（当我被南墙撞得睚眦尽裂从而终于睇见几星光芒）才知道，上述这些困惑，与其说属于人生智慧，不如说是人生常识。一个心智正常的妈妈，即使不能亲身教诲自己的孩子，起码不会严厉遏制他们自己去尝试、追寻。

但我直到年近三十，离异并独自出走以后，才开始瞎子摸象般一点点摸索、感知、了悟这些常识。

我妈直到现在，也完全不懂这些。

每当有朋友来家，我总是异常紧张，因为完全不知道我妈嘴里下一句会蹦出什么。她甚至会当着大家都知道的 ED（注：阳痿）之人天花乱坠谈 ED。我无地自容，她泰然自若。

我从未吃过一滴母乳。据她说，因为是剖腹产，所以没有母乳。我生大女儿时也是剖腹产，但我一边上班一边哺乳到 2 岁零 1 个月。

后来，我在杂志上做母乳专题，采访过许多专家，才知道，如果没有大病，世界上就没有“零母乳”这码事。零母乳的缘由，多半是母亲内心没有做好当妈妈的准备，甚至从心底抗拒做妈妈。

或者，是来自母亲自己做婴儿时的痛苦潜意识。

但我当然要感激妈妈为生我挨的那一刀。跟现在温婉许多的“比基尼刀法”不同，那时候的剖腹产手术，是从肚脐到下腹竖向切那么近尺长的一刀，紫色疤痕一生赫然，十分惊悚。

在我成长的过程中，尤其我进入青春期“不听话”以来，我妈曾不厌其烦屡屡撩开衣襟，戳着那伤疤向我“痛说家史”。如果说起初还会起到令我顿时哑口的良效，后来则只能令她加倍气得哆嗦：“又不是我让你生的。”

我妈秉承她唯一的童年生存经验——乖，将之毫无保留、不由分说、变本加厉、金钟罩般呼在我头顶。如果说这在 13 岁前还行得通，13 岁，尤其 14 岁进入青春期后，这简直成为我们水火不容的分界线。

虽然那会儿我完全是本色出演自然流露，并不太明白其中曲直。只是本能地觉得，她与我爸共同予我的种种圈囿使我疲惫非常，略加抗争只是出于想要喘息苟存，但彼此间明暗冲突可谓激烈非常。

直到如今，说起这段过往，老两口仍难得意见统一：你 14 岁前可真“乖”，特别“好管”。

如果我告诉他们 12 岁时发生的一桩故事——或者应该叫事故？不知他们会怎样以为？

那是初一，我甚遂他们心愿地忝任学习委员兼代数课代表——天知道我心底有多么厌烦代数。我热爱语文呀。

期中考试，最后一门是代数。做到最后一道题时我呆住了，因为不会做。那可是 10 分的大题啊！作为学习委员，作为我妈引以为傲的出名乖女儿，我有不会做的权利吗？

于是，为了不辜负父母尊长的期待，我当即以手支头，苦恼万分地报告监考老师说：“我头晕想吐不舒服。”

鉴于那时我一向体弱，又出名的“乖”，老师立马就让我停止考试去校医院。

别说，还真争气，大约是因为说谎紧张的缘故，体温计居然确凿显示有 37.4℃，算低烧了。

老师给我妈打电话，我就被接回家了。班主任老师还专门来家看我，关照我好好休息。“祝贺你，虽然代数考试最后一道大题‘因病错过’，你仍然取得全班总分第三的好成绩。”

呵，如果我没有“生病”，就是第一名了……吧？显然平时咱没白“乖”，这些自以为是的大人，都被一个 12 岁的孩子耍得团团转。

但问题是，我并不开心，而且从那以后，越来越不开心。虽然表面上说“一次考不好没关系”，但考得好或不好，我妈的脸色显然是很不一样的。

我清楚地知道，她更喜欢考第一名的那个我。换句话说，如果考不到第一名，她就不那么喜欢我了。

我妈，这个世界上于我最亲的人，最喜欢的究竟是第一名，还是她的亲生女儿——或者说，她本人呢？

这个问题困扰我很久，直到今天，答案才渐渐浮现——不是因为它有多么深奥，而是因为我不敢想。

我有个看起来每天都特别开心的女同学，期中考试她惯例名列倒数，我有点为她担心，但她说有什么关系呢，我爸妈从来都不碰我一根指头……

这么多年过去了，我仍然记得听见“没有被碰过一个指头”时的莫大讶异：怎么可能？这个世界上居然有“对子女毫无要求的父母”？

我妈更喜欢“第一名的我”，毫无疑问。
换句话说，我作弊，是因为只有作弊，我妈才会爱我。

一个作弊的人，是不会真正爱自己的。每自欺欺人一回，就更厌恶自己一些——直到完全放弃自己，成为另一个连自己都讨厌的陌生人。

我妈也不喜欢自己。她从来就没有喜欢过自己。一个不喜欢自己的人，怎么可能真正爱自己的孩子呢?

记得第一次来月经时，因为之前看过一些这方面的科普常识，我只是略有惊慌。倒是我妈显得紧张得多，脸色肃然到几近肃杀的地步，仿佛我正在迈入一个污黏的陷阱——做女人，是件很怂的事?

她对我3岁的女儿最常发出的指令依然是“乖”——包括对这个世界无可规避、劈面而来的耳光吗?

每当她们靠近一些，我就开始紧张。还好她从不抱她，一旦我女儿靠近她，她就本能地往后躲，所以女儿对她也不甚亲。看来与我“常被拒绝拥抱”的童年回忆没有差池。

18岁生日那天，我和我爸爆发了一场大规模冲突。惯例起因很小，结局很糟——我再次遭到了来自父母熟极而流的严词侮辱。而他们在“外面”是多么温文尔雅的人啊。

我熟极而流地哭成一坨，我妈熟极而流在一旁边冷脸杵着，手里拿块手绢，来来回回就熟极而流的一句话：“别哭了。”

我泪眼蒙眬地问：“妈，你爱我爸吗？”

她当即愣住，身子向后一躲，显出厌恶的神色，答道：“什么爱不爱的……小孩子不许说这些。”

——就是从这一刻起，我和她咫尺天涯的吧。

高考失利，只能在两所高校中选择。毫无悬念，父母“帮我”选了家门口那所。

开学第一天，我去寝室看床位。我妈跟在后面，上来就撕了靠窗边的上铺写有我名字的纸条。我被勒令走读，在家吃住。

大学里的初恋是生生被他们拆散的。我妈去找男友的导师“告状”，却把我截在家里不让出门，起到了不可磨灭的作用。

每当有男孩子追求我，我妈就斥责我“不要脸”。嗳，她这一生未免也太要脸了。

毕业一年多，她就迫我出嫁，说：“女人一过25岁就老了。”

她就是25岁老的吧？之于男性，她对我的唯一教诲就是：“离他们远点，他们就想‘那个’。”

那么现在，她的意思是：虽然“那个”很不要脸，但如果不抓紧“那个”，我将可能失去不要脸的机会？

我依言新婚。她和我爸吵架后住到我家来，向我絮絮告白我爸曾对她如何不忠不义——她是太孤独了吧，连一点对婚姻美好遐想的余地都不给一个新娘。

那是她唯一一次到我家。

从来没有一回，她安静地听我把话说完过。我和她但凡有一点争执，她就扯着嗓子尖叫我爸的名字——她知道我爸说话更狠。

除了生下我，并且像紧紧钳制她自己一样紧紧钳制我与幸福发生任何干连，她这辈子基本就做了一件事，那就是生病。

自我有记忆以来，她没有一天舒坦过，从头发尖到脚趾盖，但凡能想到的人体器官，全都在她身上跃跃欲试地疼痛过。我的每一天都是从她的抱怨声中醒来，并且在她的抱怨声中结束的。

她将这一切不快乐都归结于外在：她父亲不够疼她，她丈夫先前疼她后来不疼她，她女儿 14 岁以前听话后来不听话——除了父亲没得选，丈夫是她选的，女儿是她一手养大的。

完全将郁结归结于“命歹”，命运只得拿更加残暴的手法来回馈冤枉——

她先是罹患眼疾，后来因为不听劝阻，滥用激素，导致一再骨折，刚到 60 岁已基本不能视不能动，终于抵达了她一生中的至高理想——衣来伸手，饭来张口。

同时宣告与这个她从来没有真正爱过的世界完全脱节。

五行缺妈（下）

我的朋友、心理师安妮玫瑰说得好："放下，是对自己的放生。"原谅与爱，或者憎恶与纠结？也许直到如今，我们仍在这沉重的选择下踯躅、纠结、痛楚……但是，我们有别的选择吗？

当我在国贸一家意大利餐厅，将我妈的上述罪状一五一十地向女友们倾告时，她们却纷纷笑起来，说："你这算什么呀？"

"我妈从小就没说过我一句好话。小时候知道家穷，我很少跟家里要东西。就一回过生日，又赶上学校有演出，特别想要件新衣服，就央求我妈。我妈劈面给我两个耳光，恶狠狠地指着我鼻子说：'你这么丑、这么笨，也配穿新衣服？'我这一生都不会忘记那火辣辣的疼和唾沫星子喷到脸上的凉。后来，无论别人怎么夸我好看，无论我怎么有成就，我都疑心自己其实是个又笨又丑的女人。"知名律师 Sera 说。

"你这算什么，我妈踢我，能一脚从这里踢到那里。"独立设计师 Betty 比画着四张长餐桌的长度，"我 19 岁离家上大学时身高还不到一米五，人人都以为我这辈子注定是个矬子，但离开我妈后我愣是三年内长了 14

公分。”

“呵呵，我妈对我貌似可好了，她自从生了我就没上过班，一切以我为中心。但前提是，我要一切听她的。12 岁以后，我就不能跟她在一个屋檐下待超过俩小时，否则一定吵翻天。我生下女儿没出百天，因为一点很小的事没遵从她的意愿，她就大吵大闹，连夜收拾行李拖着我爸一起摔门走掉，气得我嚎啕大哭到天亮，从那天起我就没奶了。拜我妈所赐，我女儿只吃过三个月母乳。”公关公司创始人 Lily 说。

“我妈一直后悔生了我，她总是说，要不是为生我，她现在起码是省部级干部了。就因为一念之差没做掉我，她的另一个同性竞争对手升上去了，这是她一辈子最大的痛苦。”知名编剧 Anny 哂笑地说。她刚刚从一场浩大的产后抑郁症里走出来。据说罹患产后抑郁的女性，是因为自身曾在婴儿期遭到过很大的虐待。

“因为她要生弟弟，还要上班，没精力照顾我，就把不到两岁的我放到一个乡下保姆家。据说一年后接回来时，我都瘦成干儿了。3 岁的孩子，坐都坐不住，话也不会说了。因为那保姆克扣我的口粮，生病也不管我——也许是乡下没地方看？奇怪，我完全记不起那段日子里发生了什么——也许是刻意不想记得。后来她又把我送到奶奶家，一直到 11 岁才接回来。所以我这辈子都没法张口叫妈。”公司运营总监 Flower 点起一支烟。

不得不承认，我吃惊得差点儿忘了我妈的“罪愆”。原来这些精彩美丽的女友，个个都有一本血泪账，还都是拜亲妈所赐——难怪豆瓣上“父母皆祸害”小组那么火。

生命总是比想象中要强大得多，即便遭到过来自母亲的如此冷漠乃至乖戾对待，亲爱的女友们还是长大了、成长了、“成功”了——只是，“五行缺妈”的我们，与幸福之间仿佛总有一层隔膜。每每好不容易跟幸福打回照面，常因为一丝犹疑、一个愣怔，而失却幸福对我们的信心……

也许更大的挑战是，当我们自己也做了妈妈。
“如果我以后有自己的孩子，我一定会竭尽所能呵护他、教导他……”

这是上文提到的《看天下》中那位被母亲深深伤害过的女儿，在信的结尾咬牙立下的誓言。但是……事情真有这样简单吗？

我坚持为孩子哺乳，鼓励她参加幼儿园组织的夜晚野营，引导她多读好书，尊重她暂时不想参加绘画班的意愿……可是——

说是阴差阳错，其实早已妥协——生宝宝时，虽然犹豫再三，我还是追随我妈选择了剖腹产。

当孩子“不听话”，我又有很多事情急需完成的时候，我会熟稔地变成我妈的样子，声音骤然拔高地说：“你这孩子，怎么这么‘不听话’——”话一出口，我已难过得五脏作痛。但是，话已出口。

“小心车。小心烫。小心陌生人。小心掉河里……”这些台词好像一直潜伏在我的嗓子眼里，只待时机一到，即刻源源泼出。也许这都是出于爱？可是，如果我拷贝这些句子的时候，起码不拷贝我妈当年肃杀的面色，孩子的安全感会不会被残杀得略少一点?

明明知道，当着孩子的面跟爱人吵架，是对孩子的至大戕害，但我怒不可遏地这样做了，而且还不止一次。因为，我就是这样长大的……

你终将成为你讨厌的那个人。第一次读到这句话，我以为这不过是句巫婆的谶语。现在才知道，这是句诚恳的忠告。

念念不忘，必有回响。不光美好的方面如此，所谓恨亦是爱——憎恨、厌弃、刻意的回避与冷漠，都是一种深刻的惦念。

我的朋友、心理师安妮玫瑰说得好："放下，是对自己的放生。"原谅与爱，或者憎恶与纠结？也许直到如今，我们仍在这沉重的选择下踯躅、纠结、痛楚……但是，我们有别的选择吗?

虽然口味有些单调，但从小到大，一日三餐从来按时上桌。谢谢你，妈。我的衣服，从来都是小朋友们中最崭新、最干净、最美丽的。谢谢你，妈。

《一个举空花盆的孩子》——国王将老，没有子嗣，下令在全国的孩子中选举继承人，条件是：每个孩子来王宫门前领取一颗花种，谁种出的花最美，谁将成为国王。评选那天，王宫门前万花怒放，美不胜收，国王的眉头却一刻也没有舒开。直到他来到一个手捧空花盆的孩子面前："亲爱的孩子，你的花呢？""尊敬的国王，我用心地种下您赐的花种，每天给它浇水、松土、捉虫、晒太阳，但它从来没有发过芽……对不起。"国王拥抱了这个可怜的孩子，说："你就是未来的国王。"国王下发的花种都是煮熟的——这本美丽的绘本也许是我妈偶然间买给我的，但它影响了我一生。谢谢你，妈。

大家都说我生得不算笨、不算丑。谢谢你，妈。

当我做了妈妈，才知道被孩子气懵其实不难。虽然屡屡宣称不如掐死我，但居然从未下手。谢谢你，妈。

中耳炎、肺炎、肾炎、腮腺炎、水痘、麻疹……如果真想一个小孩死掉挺容易的。但是我活下来，还企图跑马拉松。谢谢你，妈。

上天赐予每个人的能量不同，每个人修行的愿力也不同——妈，我知道，你已经尽力了。

“妈妈，你早已经不是小孩子。无论小时候，父母给过你怎样的忽视和冷漠，都是过去的事了。你早应当有能力，扶助那个柔弱的小孩成长、强大，拥有面对这世间一切悲欢的力量。”

夕阳下，双手扶住轮椅上妈妈的双手，我慢慢地说。
她转向我，无声地哭了。

附：一位母亲的前传

那天是冬至，非常寒冷。北京——那时候还叫北平，西城兵马司胡同的一幢四合院里，新添了一个小女儿。

这自然算是喜事，但人们却纷纷面带愁容。因为这个新生的女孩落地后，面色青紫，没有动静。中西医大夫都来看过，似乎也没什么效果。

还是家里一个老女佣建议，用热水袋紧紧绕住小女婴的周边——天实在太冷，等于制造一个土暖箱。

这老办法还真灵，天快亮的时候，这柔弱的女婴终于发出细细的啼声。

女婴的妈妈松了口气。虽然这女婴的降生纯属意外，而且她已经失去过不止一个孩子了，但世上没有一个母亲希冀失去自己的孩子吧——假如她心智正常的话。

不过，之前这位女士已经有三男三女六个孩子了，实在生够了。要不是丈夫是独生子，作为妻子肩负着开枝散叶的重任，她才不会让身心这么辛苦。

假如这个早产的脆弱孩子不幸夭折，她当然会悲痛，但好在刚刚一岁多的另一个女儿强壮美丽，足以削弱大半悲伤吧。事实上，就是因为这两个孩子生育间隔太短，才导致这个小女婴先天不足。

谢天谢地，这个先天羸弱的女孩一天天长大起来。虽然不如大她一岁的姐姐浓眉大眼、能说会道、招人喜爱，但胜在非常的乖，爸妈说什么，她就毫厘不爽地做什么。

可老话总是有道理的，会哭的孩子有糖吃。太乖的孩子往往会被父母忽略。

原本以为她必是家里最小的一个，母亲不会再生育了。这孩子先天又弱，大家多少会额外眷顾她几分。没想到，她快 5 岁时，母亲又生了一个女孩。这个长睫毛、大眼睛、洋娃娃一样的小女孩才是货真价实的宝贝“老幺”。

她一直窝在大她一岁漂亮姐姐的艳光下，现在又被叮嘱务必让着可爱的小妹妹。至于她本人，就随大流活着呗。

这个大家庭里最辛苦的无疑是她母亲。这位母亲根本无暇顾及这貌与语同不惊人的七女儿（他们家不重男轻女，女儿也和男孩一样排位）心里在想什么，更没有多余的精力哪怕抱她一下。

母亲本是文艺范儿女性，书香门第出身，念过私塾，现今阴差阳错陷入子女众多的家累……她对女儿们最经常的教诲是：“好好念书，别学家务，以后社会更先进，什么都买得到。”

母亲说对了一半，没成想解放后也会有“困难时期”，主妇仍需事必躬亲。念到大学毕业的七女儿因为家务生疏，婚后头一回杀鸡炖汤，连鸡脚上的硬皮都不知剥除，很被丈夫鄙夷。

至于南开大学毕业的儒雅男主人，显然更欣赏口齿伶俐的六女儿。上哪里都带着小六。出去给俩女儿买鞋，回来一看，小六是皮鞋，小七是布鞋。

小七很伤心，但唯有把伤心吞下肚，随血液流动遍布全身——一个身形和精神同样瘦弱的小孩子，怎么有资格问责高大威严的父亲呢?

她唯有加倍地乖顺，希冀因此得到一点怜惜。因为成绩优秀，中考保送重点高中，但是……

当她兴高采烈地挥舞着保送通知书跑进家门，难得骄傲地宣布这个喜讯时，父母只是淡淡“哦”了一声。那个瞬间“咔嚓”一声在她的人生中定格——呵，她是如此不受父母待见的一个孩子呀。

她清楚地记得，上一年六姐考高中十分艰难，大费周折才进入一所普通中学。放榜那天，父亲亲自去看了，回来后也是如她今天这样兴高采烈，好像被录取的是他本人……

这个从出生那一刻起命运就不甚流利的女孩，后来当了妈妈——妈妈当得也颇为坎坷。先是第一个孩子在出生前一天胎死腹中，被剖腹取出；三年后，第二个孩子出生时再次剖腹产。医生说人一生只能动三次大手术，总得留一次给将来万一得的大病，建议她这辈子不要再怀孕了。

素来很乖的她，立马在输卵管结扎手术上签字。所以，这个女孩将是她此生唯一的孩子。

这个一出生就注定被紧紧攥在手心的孩子，就是我。

一切白色的东西
和你相比都像黑墨水自惭形秽

从无本万利的恋爱培训班到价格暧昧的钻戒，一直到无数以此为灵感的所谓艺术品——比如廖一梅、孟京辉夫妇打算无限期演下去而场场爆满的小剧场话剧《恋爱的犀牛》，都是万世不衰的好买卖。人性的弱点最容易用来赚钱。经营吃喝嫖赌抽虽然来钱飞快，但上不得台面，不如经营世人以为“纯洁高尚的爱情”。

亲，你可曾像一只秤砣，在冬日的暗夜中，堕入无边的深海？

不知道是海水太冷，还是她太怕，这只秤砣一直在不停地哆嗦。一边绝望地无尽地下坠，她一边迷迷糊糊地想：都说海底很美，可为什么除了黑，我什么都看不到呢？

又坠了很久，她才发现：时值黑夜是一回事，主要还因为她一直闭着眼睛。

但是她不敢睁开。她用残余的一点力气想：如果睁眼，浓咸的海水就会浸到眼睛里，搞不好会瞎掉。那就再也看不见太阳月亮、爸爸妈妈、花草小狗，还有……未来的小宝宝了。

未来的小宝宝。这几个字在心里每呢喃一次，就像一把利刃拉过她的心尖

一回。

她真的好羡慕那些每次恋爱都气势磅礴更胜初恋的人，但她天生不是这种族群。她知道这辈子，她再也没有力气再来一遍了。

是的，这刚刚结束的平生唯一一次燃烧，就是她坠海的理由。

秤砣一边毫不停歇地下坠，一边不好意思地发现：其实，她并不那么想死。于是，她不顾海水又咸又涩又冰，奋力睁开眼睛，寻找救命的物件。

四海茫茫，睁眼比不睁眼更孤独，但想要活下去，没别的选择。

放眼四周，只有几根稻草、一块木板、一枚会发光的贝壳和一只路过的病歪歪的海龟。虽然稻草很想救她，木板和海龟也很卖力，连贝壳都在一边忽闪忽闪为她鼓劲……

但没人救得了她。换句话说，要么得靠她拽着自己头顶那根挂秤杆用的小绳子，把自己拔出万米深海；要么默默地，溺死。

鉴于气力严重不足，她只好与其说是选择，不如说是遵从了后者。安静，是她仅余的一点尊严。

她不知道，如果一个人（或一只秤砣）其实特别特别不想死，那么死后可以有一次幻为另一种生物的机会。比如，绵羊、瓢虫或筷子、桌布什么的。如果想要自己选，比如不想做瓢虫想做螳螂，则要靠自己修了。

所以，赴死的一瞬间，秤砣同学感觉自己忽然轻飘了许多。就在她疑心自己是不是幻成了一缕青烟的时候，她发现自己变成了一团棉花。

从秤砣到棉花，为了一场所谓的恋爱，啧。

——这是一个深夜，美丽的棉花小姐发给我的一段文字。说实话，够缺德的，搞得我那天夜里颇没睡好，第二天开会时眼下晕着一圈青。嗳，太不尊重三十多岁的妇女了。

按说不过一场失恋，即使自戕未遂，有啥稀奇？问题在于，这个前秤砣、现棉花同学经历那场勾心挖魂的恋爱时，我就在她身边晃悠。在她失魂落魄死过一回时，我也常和她的行尸走肉吃饭。可是，她真会演戏，即使她痛得生不如死的时候，我愣是一点都没看出来。

哦，对了，只除了那会子，她脸上的痘痘如明末清初的农民起义般，绵延不绝，此起彼伏。

这就可怕了。这妞儿把自己包裹得太严实——据说，这样的人极端缺乏安全感。

她恋爱时，我倒是隐约知道些，爱与咳嗽不可忍耐嘛。那时候，她眼睛和皮肤都发光，特别好看。但经历剜心苦楚的时候，她居然也可以做到一声不吭，该上班上班，该打扮打扮，虽然皮肤恶劣、眼神涣散，但她一句“加班累的”，居然也就打发过了我的八卦心肠。

我觉得我已经够能伪装幸福了，没想到她比我还矫情，活该一个人沉到暗夜的深海里喂鲨鱼。

棉花同学倒很认可我这个说法。“身为次品，就得回炉重新熔炼煅烧。”她说，“一切以爱情为至高信仰的人，都是次品。”

讲这话时，新晋被誉为“年度十大当红独立设计师”的她，下月就要当妈了。去香港验过血，是个千金。大约以为终于扳回一局，她这才第一次对我讲了这个难以启齿的故事。

在那段她一度甘愿为对方挡子弹的爱情中，很不幸，她是一个小三。

每一个堕入情网的小三，通常开始都挺理直气壮的。真爱无罪嘛！何况他说，他早就要离婚的，即使没有遇见她——这使她即刻摈除了大半愧疚感。见面第二回，他就信誓旦旦非她不娶——这使她即刻充斥着丰腴的安全感。

不枉头顶商界精英头衔，他情商真高。

作为“好人家的女儿”，秤砣当然认为“一切等到水清河晏再说比较好”。但每回她这样表述，他都当场作悲戚状。从一个人前指挥数千人马的“青年才俊”（现今 45 岁以下都自诩青年），顿时退化成母亲面前乞爱的小男孩，嘴角微颤，眼泪打转——彼情彼景，有几个女人会冷静到当场冷笑出来，“演技不错啊。”

即使事隔多年，她仍然疑惑：起码那一瞬，他是真诚的……吧？就如他曾冒台风顶暴雨只为见她一眼，就如曾他在茫茫人海的街头，忽然窝下高大的身子，说："你鞋带开了——别动，我来。"

虽然不是不知道，她的所谓水清河晏，对另一个女人来说是山崩地裂。但既已不再相爱，放手岂不也是一种解脱？

谁成想，手是终于放了，但居然过了好些日子，他才在她的追问——不，逼问下——说出来。什么意思呢？她有些糊涂了，当初，他不是急眉赤脸地恨不能立马娶她吗？

最可怕的不在于恢复单身后他忽然若即若离起来，而在于她配合得如此默契——虽然他每一次"离"，她都心痛如绞，但他每一次"即"，她都屁颠屁颠。

这也没什么，合则聚，不合则分。

问题在于：一旦她好容易攒够离开的勇气，他必勾缠粘连，令她以为这一回，他必醍醐灌顶，今生勿离。只待她星星之火重新燎原，他又"嗖"的一声，远遁到她梦里哭着都够不到的地方。

如是三番，她能量尽失，只余一句"为什么"——这几近死缠烂打了。就像从前那些男人对她做过的那样。不是不报，时候未到。

他暧昧的回答无疑助长，不，引爆了她那小心翼翼暗藏多年的自卑：“因为……你太优秀。”

这相当于颁发好人牌了。“好人家的女儿”的软肋在于，自小依仗他人评判惯了，不懂得乾坤要靠自己定。彼时的秤砣姑娘需要的不过是一句“我们是一场误会”，如此虽然痛彻，胜在三五年后又是一条好女汉子。可惜他真仁义，都这当口了，居然还能抖擞精神说，其实他还是爱她的……

含混冗长的谈判中，她一耳朵拽出那个“爱”字，就像抠住一根浮木，拥有了继续苟且的勇气。

据说所有“爱情信徒”，或者说“爱情囚徒”，都因在原生家庭中未得到足够认可。那些年，在秤砣身边探头探脑的男人毛估估也有几打，不苟言笑的秤砣妈就没给过他们谁半星好脸。但这回，她居然对一个有妇之夫笑脸相迎，还亲自下厨——肯定不止因为他曾郑重其事给她三鞠躬，还宣誓道：“我喜欢你的女儿，我要娶她。”

那时候他还没离婚呢。如果他开的不是凯迪拉克，以狷介自傲的秤砣妈肯眉开眼笑到这个地步？

秤砣当时就疑心，心高气傲而终不得志的母亲，以为能通过这男人在亲友间扬剑眉吐浊气一把……所以被甩时分，秤砣一个字也不敢——更不肯，向她妈吐露。

要说她运气也不算坏到极致——想到死的那个晚上，她做了一个梦。具体情境呢，就是开头她写的那一段。

醒来，手机上又是那男人深夜打来的未接电话，还不止一个。显而易见，白天他有其他妞要泡。好久没打来了，他一定是担心她已死心。“备胎”少一个，他同样苍茫的安全感会少一截。

想一想梦中那彻骨的孤独、寂寞、冷和疼……打了个巨大的寒噤，她头一回删掉了那串烂熟于心的数字。

她知道，她还得等。等到懒得删。

这一等，就是五年。与其说是长情，不如说是成长真特么难——棉花笑着说：“当初，怎会就对着一个伧俗不过的男人朗朗倾吐‘一切白色的东西和你相比都像黑墨水自惭形秽’？”

是，他是人谓的“有钱人”，但他前妻买双地摊凉鞋，要看他的心情；出门打个车，要电话申请。离婚时，他将财产悉数转移，只留给前妻一间冷僻地段的狭小二手房，这还是当初她陪他打天下时买的。

他的口头语之一是“我妈说”——“我妈说，谁嫁我，就是前世修福。”他妈和邻居为一点小事吵架，乒乒乓乓扇人家七八个耳光，他笑着觉得他妈很能干。

别说，他当真是向她求过婚的，还送了钻戒。成色先不论，好歹也有两三克拉。

“亲爱的，把头发留长，养胖点，等着做我的新娘。”

为这句话，秤砣开始疑惑自己骄傲了小半生的短发和纤细的锁骨……她的浩大幸福里间杂着莫大不安，像太平洋日夜穿流——如果他的心仪是长发胖妞，却为何咬定要她？

逻辑如此混乱，所谓爱情有何资格占用我等大半青春？

谢天谢地，那钻戒，最后一次见面时，虽然心疼，她还是咬牙丢他车上了。这是这场乱爱中，她对自己唯一满意的举措。

我笑道：“不愧是你妈的女儿，真狷介——送当铺也能换几个零花呢。”

渣男？棉花不乐意赠他这个词。所有吸引都因为气场相似，他是“渣男”她就是“渣女”——起码有一部分是。何况要不是他，她一定还在强势母亲的陈旧羽翼下惯性膜拜、混沌为人——秤砣哪有棉花这般身心轻盈？说起来他也算恩人呢。

前日有记者采访这位新晋都市女精英，提纲附的普鲁斯特问卷里有这样一道题：你认为什么美德一直被世人高估了？棉花毫不犹豫填：爱情。她现在的信仰比从前少个字，变作“爱”。深情款款相思成灾地动山摇，滚；淡淡欣赏默默相伴彼此成全，存。

她笑着说：“那绵延快半个世纪的查尔斯与卡米拉泣血爱情又怎样？还拉

了个无辜戴姑娘垫背，结末居然是若他不付 2 亿英镑分手费，她就将皇室机密抖落殆尽——估计那痴情老王子到死，也吐不尽这口狗血了。”

当然，这并不妨碍她店里本季卖得最好的一款真皮凉鞋，乃男左女右，一对热吻不迭的痴恋小人样式。

从无本万利的恋爱培训班到价格暧昧的钻戒，一直到以爱情为名的所谓艺术——比如廖一梅、孟京辉夫妇制作的话剧《恋爱的犀牛》，四季演出场场爆满——都是聪明好买卖。人性的弱点最容易用来赚钱，经营吃喝嫖赌抽虽然来钱飞快，但上不得台面，不如钻营世人以为“纯洁高尚的爱情”。

忽然觉得那位记者忘记问一句重要的话：“那么，以后你女儿长大，关于爱情你会如何忠告？”——中国人对自家儿女，才最掏心窝。

“有啊，多得很。爱情不是‘受’，爱是‘施’，施永远比受有福。考察一个男人，他妈是务必不可忽视的一环。人品尽在对前任的态度上——你不比前任更高贵。永远不要问‘为什么’。还有，一个男人真爱你，断不会舍得你做小三……她 14 岁时，老妈自会将这血泪斑斑的经验写给她。但这隶属老妈义务，会不会意要随她心情。年轻时摔几回跟头真没什么大不了，那盆‘鸡血’怎么泼来的？——‘生活总是让我们遍体鳞伤，但到最后，那些受伤的地方一定会变成我们最强壮的地方。’哎呀，倒牙了——”棉花微笑。

“如果没亲身摔断过几根肋骨，人永远会觉得所谓忠告都是瞎扯——尤其是来自老女人的。”她大笑。

一个有道德污点的女人

在离她家——住着她老公和儿子的家——隔一条街的地方，为了安静工作，她曾另买了一间小公寓。就是在这布置得宛若闺房的香艳小天地里，她和她的情人颠鸾倒凤，死去活来。主要是她死去活来，情人主要负责颠鸾倒凤……

在咖啡馆发呆，乱翻杂志，惊见调查显示：84.7% 的女性有过婚外恋。

我猜，起码有 84.7% 的男人见这数据时会当即口渴——这么多……已婚者不由得当即疑心到自家女人身上去。光棍者未免啧啧，这等好事，就没落到我头上一两个？

我初时也吓一跳，很快镇定下来。凭本人多年的纸媒经验，杂志上的数据多半来自网络，未必精确。而肯参与这调查的样本，多半要么已然涉猎，要么颇有兴趣涉猎，难免哄抬数据。

最关键的是，我想起周边的女人们……嗯，就算没有 84.7%，也得超过 48.7%。

不过，男人们也不必太紧张——该调查继续白话：87.48% 的出轨女性不会因为婚外情而选择离婚，而且出轨后瞒着所有人的占 81.34%。

这就是缘何市面上对男人出轨的批评铺天盖地，女人们却貌似白莲花得多——男人好面子，即便发现被出轨，也常和血吞牙。何况不像男人出轨，多会被直觉惊人的太太们发觉，女性的绝大多数出轨都被她们化为无形了。

眼不见心不烦，大家仍得一团和气白头到老——男人们真幸福。
有例为证。

某年某月某一天，夜已深，有位女友仍在线上抓住我喋喋。就像抓住一根浮木，死不撒手。

怎样的心事，才会令一个视睡美容觉为生命的女人，慨然弃命呢？
自然事关爱情。之于已婚女人，自然是老公以外的爱情。

每一档在当事人那里天翻地覆、惊涛骇浪的爱情，在旁人耳朵里，不过是市井绯闻又一篇——他是名作家，她是名编辑，约着约着稿，两人的小火苗煊腾腾就绞一起了。

在离她家——住着她老公和儿子的家——隔一条街的地方，为了安静工作，她曾另买了一间小公寓。就是在这布置得宛若闺房的香艳小天地里，她和她的情人颠鸾倒凤，死去活来。

主要是她死去活来，情人主要负责颠鸾倒凤。

正如你所料，一个当调戏，一个当爱情，能量付出才会如此不对等。

起初对方也是使君有妇的。对于一个动了真情的小三来说，更悲催的还不是他永不离婚，而是好容易挨到他离了婚，却听他幽幽道：“我这辈子，不会再婚了。”

当然，这比“对不起，我又爱上了小四”略强些——她在他遗下的电脑里，发现他写给另一个女人的热烈情诗，以及他们二位的亲密合影。

没错，同时他也是她的小三。估计这也是他委屈的地方：“我怎么从没有要求你离婚……”

越发悲催的是，虽然为此夜不能寐、加倍憔悴，但她发现自己只有忍。如果不，他会即刻离去。

在我看来，最悲催的还不在此，而是明明这间公寓离她家只有不到十分钟步程，但她的老公，那个常被她忘在脑后，但一直刚稳地蹲在那里的男人，这几年来，怎么就从没有兴趣踏入她这闺房一步？

出于尊重隐私？那么来之前打个招呼，说我明天去你那里参观一下，陪你聊会儿天，甚至在那里避开儿子叉叉圈圈一下……总可以吧。但，从没有。竟然。

当然，这要比“千万富翁疑妻出轨，180 万雇凶杀人”要好很多。

也没什么特别不好理解。世间多半女人的出轨，都源于：就是洗完澡，抹了香氛，光着在他眼前晃啊晃……最仁慈他也顶多说一声：“快穿上，别冻着。”

哦……好的，谢谢。

当年她嫁他的至大原因，是因为每当他吻她，他下面就抵得她心乱如一汪稀泥潭，被老牛踏过的那种。

当然，他早不吻她好些年。她的心渐渐清明得像一潭古井，超过一千年的那种。直到另一个他，纵身跃入其中……

现在，她明明感到，这另一个他，也正渐次远去。她试过千年古井的冰冷凄惶。她怕，她吵，她哭……她唯有静默。

静默啊静默，不在静默中爆发，就在静默中灭亡。灭亡之前，必有一个爆发。我幸运地接收到了，这被她视为平生秘闻的爆炸。

我确实被轰到了。她算不上漂亮，但肤白丰满，当是一干熟男的春梦之一。

但是，之前她一直在说的都是儿子、老公，不光我，每个人以为她家庭美满、身心稳定。没想到貌似静好的表层下，深埋着这样一个……呃，我不愿意用猥琐字眼来形容的故事。

虽然事情终得自己扛，说出来终归好过些。叹口气，她说：“我去睡了。

好几天都没睡了。”

我不怀疑今晚，她一个人睡。

没想到末了，她又悠悠打出一句：“你不会瞧不起我吧？我是一个有道德污点的女人。”

然后，头像灰了。我甚至来不及表白：“喂，哪有。活着就是一种心猿意马。”

这回轮到我叹气了。唯有“好女人”才会这样说。唯有“好女人”才会为出轨伤心伤肺。

诺贝尔奖得主多丽丝·莱辛有部长篇小说《天黑前的夏天》，说是一个叫玛丽的女人对出轨毫无羞耻感，送货员、修理工、隔壁老王，甚至朋友的丈夫，被她出了个溜遍。问题是，她从不觉得这有什么啊，还四处乱说——你猜得对，包括对她丈夫，甚至被偷了丈夫的女友说。

大家自然以为她是“坏女人”从而疏远她，深爱她的丈夫也忍无可忍跟她离了婚。然后，她走投无路、悲痛欲绝？

哪有。她继续高高兴兴、正大光明地出轨——现在也叫不出轨了，她已恢复单身。除非她的上床对象是已婚人士。

大约是轨出得太理直气壮，所以她容光焕发。除此之外，她实在是个无可挑剔的好女人：乐于助人，善于烹调，每天兴高采烈从不伤春悲秋，当然身材肯定差不了……

奇异的事发生了——

她的女友渐渐发现，自己居然有点，不，相当地艳羡她。而她的丈夫，不，前夫，居然又和她复婚了。当然，复婚的条件之一，是不再纠结于她欢天喜地、马不停蹄的出轨。

这个故事告诉我们什么呢？有志者事竟成？哈，也许。但主要还是警醒我们：你老人家出轨是图什么呢，总不成是为了添堵？无论做什么，都不要忘记初心啊，同学们。

当然这事也就是发生在西国。对于“绿帽子”仨字儿怀有天然莫大恐惧的东方男人，就算再贪恋一个女人艳绝的生命火花，恐怕也无法悦纳吧？

却也不一定。见过太多妻子的艳事在闺蜜圈乃至朋友圈已传得桃色菲菲，而丈夫却一无所知、依然故我的事件。原因？

呵，他每天对牢电脑的时间，哪怕匀出五十分之一给太太，或者他肯将对一盘熏肘子的热情分给她七分之一，她也绝不至此。

难怪“泡良族”一直信仰自己是“良心一族”——他温柔慰藉了良家师奶们荒芜太久的身心，起码在某一时段。

所以有人以为出轨是美女的特权，还真不一定。男人原本比女人目光宽容，脸美胸美兼备当然皆大欢喜，但如果只是脖颈美、手指美，甚至脚踝美，也能够挑逗起男人无所不在的春心。何况良心版“泡良族”们又没打算泡她一辈子。不求那么多，只要一点点。

还真是的，就我目睹的出轨女性中，公认不美的比公认美的要多得多——也许是前者比后者更寂寞。

而且也更不挑人，从分公司的已婚大叔到美发店的外乡小弟来者不拒。也许是她太害怕一个人待着。她的丈夫说，因为从小在父母吵闹的环境里长大，受够了，只要她不跟他吵，怎么都行。

当然，丈夫们多半也不会闲着——有太多太太以外的女人需要慰藉。
大家各得其所，又为小孩保有一个“完整的家”，多么正大英明的人生。

唯一可惜的是，小孩往往并没有成人以为的那样愚钝。父母之间情感能量的互动模式，他们在胎儿期就能感知，并且继承。想要孩子未来在两性关系中痛苦纠结，倒也不必殷殷叮嘱、絮絮教训，尽管放纵自己即可。

其实呢，所有的关系都是与自己关系的外在体现，与旁人关系不大——跟配偶关系闹得不堪，而跟小三儿关系处理得温暖妥帖的，还真没见过。果然“在家庭生活中感受不到真爱”，不妨先理理自己的内在，理顺了就算再出轨，也好出得姿态漂亮、结局温婉些。

何况世人对男女出轨，态度大不同。文章出轨，曝光后遭骂最多的是姚笛；

黄奕出轨，曝光后遭骂最多的是黄奕——黄奕的老公同时也被曝出轨，好像没听见几声抗议。

别说男人不乐意，相当部分女人也巴不得其他女人，尤其美丽的女人性冷淡——都跟我一样没好日子过才对。

唯记得亦舒一部小说里写出轨：一名女律师去一家半山名门处理出轨离异事件。初时以为是男主人出轨，颇不开心，结果没想到是女主人出轨姐弟恋，顿时觉得天蓝草绿，大呼舒心……呵，难怪亦舒在都市师奶中四十年一纸风行。

归根结底，女人出轨，除外在远不如男人出轨有前程，内心也比男人更挣扎，确凿是桩赔率巨大的可疑买卖，打谱开张前切切慎重。如果非出不可、不出会死，最好打定主意将之作为“婚姻的有益补充”。且务必与情人提前沟通三观，彼此郑重承诺：

我发誓，无论我们两人怎样情投意合，务必不可动摇各自婚姻基底。正牌莅临时分，小三即时自动闪开，不得有误。钦此。

人非草木，届时难过？活该。关于出轨的经典小说《廊桥遗梦》中，弗兰西斯卡决定不与情人远走，而“留下”陪伴憨实的丈夫与可爱的孩子们时，心如刀绞吧？但也没耽误她活到古来稀。

嗳，喝酒须有酒品，嫖娼要有嫖德，出轨这回事也是要有“出规”的。那么，男人若是确知太太出轨，情形会如何？

我认识一对出名恩爱的夫妇，太太常在河边走，不当心怀了别人的孩子，依例与先生打得天翻地覆。先生也循矩与一萝莉报复性出轨，砸烂家中钱箱，揣着房产证离家出走……每个人都以为他们必分无疑。

结果？近日再见时，他们重新变身“粘体人”，甜蜜无限。且宣布太太再度怀孕，这回确凿是先生的骨肉……算起来，他们的宝宝还有两个月就该出生了。

很多这跌宕故事的见证者都忍不住暗笑。我却笑不出——他们当真快乐吗？他们当真快乐过吗？

唯有祈祷：愿他们在曾经的破碎与痛楚中获得成长。愿那小小安琪儿有生之年，不要遭遇父母间的或冰冷淡漠或剑拔弩张，从而赔掉一生的幸福。

阿门。

如何交到一个终生不渝的朋友

交友和恋爱相似，总要有个人“不要脸”。也就是俗话说的上赶着点。如果纷纷执着于“君子之交淡如水”，在这苍茫而仓促的偌大都市，恐怕大家一辈子都不会有什么比擦肩而过更深的交集。

带女儿去公园，和她的好朋友玩。

这位小朋友平时就爱耍些小性子，这会儿为一点事又不高兴了。绷着脸梗着头，谁都不睬。她妈妈怎么劝都没用，只好冲我们摇头叹气。

实话说，我也觉得这孩子脾气未免大了些，只得装作赏花转过头去。

我3岁半的小小女儿，面对比她高半头的朋友，却非常好性子地一再劝慰道：“不要不开心啦。我们去玩沙子吧？要不，玩气球？吹泡泡？划船怎么样？”

好话说了一箩筐，小朋友还是不理人。正好午饭时间到了，我拉起她的手道别。

已经走出好几十米，女儿忽然站住，挣开我的手，迈开小腿匆匆向那位小朋友跑去。

她气喘吁吁跑到小朋友面前，把小手张开——里面是一枚她心爱的镀银小钥匙饰物，说："我把这个送给你当礼物，好吗？"为了让好朋友开心，她居然舍得自己最喜欢的东西。

小朋友的妈妈连声向女儿道谢，但那位小朋友还是低头不说话。

我有点替女儿不平。本来那位小朋友不高兴，也不是女儿惹的，怎么都专程跑回去分享自己心爱的东西了，对方还是不理人？同时心底也有点难过：女儿就这样缺朋友吗？这样做，有点太……低三下四了吧？

但是，回到我身边的女儿，除了小脸蛋跑得有点绯红，看不出一丝异样。她一定觉得，这样对待朋友是非常天理昭彰的事。跟什么"长他人志气，灭自己威风"，一点关系都没有。她只是一片赤诚地想要她的朋友和她开开心心地在一起。

当然，后来她们仍然是好朋友。
我承认，我被感动了。

呵，我曾经也是这样的，总是毫无保留捧出整颗挚诚之心待人。直到后来发现，有些人值得如此，有些人并不——也许后者更多一点？

再后来？渐渐就懒得如此大费周章了。合则来不合则去，一切随缘好了。结果？

结果自然是，和这都市中的大部分人一样，揿开电话簿，面对一溜儿漫长的名字，常常不知道打给谁。

作为慢热的太阳摩羯座，一直相信日久见人心。所以经常，虽然心底已将极为欣赏的某人作为“朋友候选人”，但甚少急吼吼去讨好之。

还好，我月亮天秤座。所以，当我太喜欢一个人，自会忍不住创造各种时机想要接近之。万物有灵，对方一定隔空接收得到这爱与敬的电磁波，并因此睡眠更香甜、吃饭更落胃……哎呀，真美好。

是的，交友和恋爱相似，总要有个人“不要脸”。也就是俗话说的上赶着点。如果纷纷执着于“君子之交淡如水”，在这苍茫而仓促的偌大都市，恐怕大家一辈子都不会有什么比擦肩而过更深的交集。

这也是总听见有人慨叹，年纪越大，越不容易交到朋友的原因吧。

回忆我和几位好友的交往……嗯，是的，总有一个人显得热情些、主动些、黏糊些。当然，另一个也要接得住。如果后者一味回避乃至推脱……毫无疑问，这世上没有谁离了谁活不下去。

呵，我愿意将之归于幸运——在这个“我有一个朋友”，渐渐等于“我知道有这么一人”的年代，我仍然螳臂挡车地对“朋友”两个字，有着深吸一口气，想要焚香净手的崇敬。

不喜欢“没有永远的敌人，只有永远的利益”这句话。它的别义是：没有永远的朋友，只有永远的利益。虽然以寻求安全感为目的的趋利避害算是普遍人性之一种，但我仍然要笑眯眯地对如此这般的人说：“鸽吻滚，泣影请。”

当然并不是说利益共同体们注定无法成为朋友。如果当一时小利不再，你们仍然期待时不时看见对方，那么恭喜，你们算是“婚后恋爱成功”的典范。

这注定我的朋友并不多，好在我信仰我们可以地久天长。就算有一天对方不想跟我做朋友了，我也绝不会有任何怨尤，而只会“有过这段，此生足矣”。挥手自兹去，含笑不含泪。

要知道，对于我这样一个悲观主义事儿妈来说，做到这一步有多么不易。近朱者赤，无疑这应当归功于朋友们的浸淫。

嗳，话说回来，我这样一个浑身毛病的人，居然能交到几个此生足矣的朋友，对方得有怎样如佛陀似耶稣的襟怀啊。

空口无凭，说个实在的吧。
真的是 Long long ago 了……那是一个春天，我第一次接到炳青的电话。

那会儿我们是利益共同体，我是想要发表作品的新晋作者，她是想要好稿交差的编辑。因为我的稿子确实好——没办法总得实话实说——萍水相逢的我们一拍即合。

不过，还是得实话实说，因为彼时个人气场的薄弱，我的稿子不是一直好的。必须得有“无条件欣赏包容我”的人，才能够激发我的潜在能力。

情商超高的炳青做到了，所以我给了她不少起码在时尚类杂志中算得上佼佼的稿子。我不知道，她同时还是一位知名出版社的主力编辑，在杂志社兼职不过是她多余能量的小小挥发。

当她打电话来说要出版一套女性作者的书，邀我加入时，必须承认我当时激动惨了——那可是我的处女作，写作三年之后的最大犒赏。炳青还把我的书放在一套六本书之首。要知道，其余五位作者都是当时的青春偶像级写手，我还是其中三位的粉丝咧。

因为这份懂得，我来北京后见的第一位朋友就是炳青——好吧，当时我们还不算朋友，但我在心底里已悄悄喜欢她了，可以吧？

这份发自内心的赤裸裸的喜爱一定辐射到了她。但由于俩摩羯座都是君子型人才，我们并没有很快地热络起来。

于是有一搭没一搭地慢悠悠交往着，在约稿、催稿、交稿的电话往来中，不知不觉开始夹杂些“私人业务”，而且越来越多——当然肇事者主要是我。作为晚熟界资深人士，炳青这位早熟圈资深人士貌似无意间的淡淡几句点拨，顷刻就能破掉我的愁肠百结。

这属于布无畏施的大恩啊。彼时兀自沉溺于少年（好吧，我承认指的是心理年龄）纠结的我，却几乎不曾为她做过什么。貌似有一回，我哭着喊着请她吃饭，因为“有一家馆子好好吃”。但当我们兴冲冲赶到的时候，发现那家店正停业装修……哈，这些年来，我们一起吃倒的馆子，迄今已不下十好几家。

那之后不久，临近春节，我在百盛购物中心被人顺走手袋，扎煞着光秃秃两手杵在那里发呆时，第一个想起的电话号码居然是炳青家的。电话里她语音轻悠的几句抚慰，令我的百爪挠心立马就剩俩爪子了。

炳青就有这样的本领。我一直疑心她是中国最好的脱口秀节目嘉宾，乃至主持人之一。她的才华像百合花怒放幽谷不为世人所识，太可惜了。不过，幸好因此，我才可能经常霸占她，聆听她四两拨千斤的精妙教诲。

我渐渐知道，得她布“无畏”大恩的何止我一个。“非典”期间，她的一位大学同学因为“疑似”，被跟真正的非典病人隔离在一间屋子里。每天穿着厚厚的防护衣大眼瞪小眼，一日三餐从洞口递进来，不能洗头洗澡，也不能出房间……不难想见这位同学有多么焦虑。

炳青陪她煲漫长的电话粥，坦然告诉她没事。凡事都有概率，想要“中奖”并不那么轻易。还帮她出主意：为减少感染机会，先等对方吃完饭戴回面罩，你再吃。头皮实在又粘又痒，倒点矿泉水桶里的水冲冲……她是唯一要求去看望她的朋友。院方不允许，炳青就收拾了一大摞心爱的书，托她的丈夫给她送去解闷……

所谓朋友，就是在人生中的每一个关键时刻，TA 都在的那个人吧。后来，如炳青所料躲过“非典”之劫的那位同学，毫无悬念地成了她的莫逆之交——“当时所有的人都在吓唬我，你是唯一给我阳光和希望的人。”

拥有这样睿智又仗义的朋友，何其大幸。

虽然比我大不了多少，但炳青博览万书的精深素养，和她与生俱来的笃定天赋，以及悲天悯人的深切情怀，一直是我漂在这茫茫都市的定海神针。只是我皮袍里的那点“小”，常常被她看个溜透，扎得生疼，黑血流一地，冷汗满脊梁，有时候都不禁有点恨她——

要不说做人难，你慷慨借钱给人，却常因此失去朋友。因为被你看到生命最短处，只好遭杀人灭口。

炳青被我留下活口的原因，是她太智慧（我不愿用“聪明”一词侮辱她）。她当然不是圣人。所谓不曾共同旅行过不足以言友情——记得有一回，她终于忍不住，有些无奈地说起一次旅行中女伴的某些短板……结语居然是：“不过，她的美好之处更经常深深打动我。”

那一瞬间我几乎飙泪。被看到最暗黑处，却仍然被深爱……如此为友，必得终生不渝。

这种境界当然非一夕之功。常听人说我眼里可不揉沙子——那是因为您眼拙，看不到 5% 沙子下面 95% 的金子。不懂得，自然谈不上慈悲。

当然，没吵过架也不足以言友情。说起来很糗，我们俩吵架，居然是当着记者的面。

那次是《新京报》“老友记”版面的采访，还在后海为我们拍了许多好看的合影。谁知拍完在星巴克聊着聊着，我们就互掐起来。

忘记是谁先起的头，总之一听见她抱怨我好迟到，“迟到一刻钟那都算准时。”

——我打小被老爸批评成癖的玻璃心顿时噌噌冒火，回道：“喂，那你呢，一直以来说话也有点太扎人了吧……”

听得《新京报》记者脑门儿直冒汗。殊不知，“当面说坏话，背后说好话”才是真朋友。我摊手哂笑，说：“你看，世上是有诤友这回事的。”

当然，吹嘘我们俩的文章还是登了一整版，只是没提我们俩当场掐架那一幕。嘻，当过记者我知道，穿城越池的好容易采拍大半天，绝不能白忙活。

从那以后，我基本没迟到过。

炳青再点拨娇嫩的我时，也不禁多少掺了点委婉。好在近墨者黑，在她的悉心熏陶下，我的脸皮日趋茁壮，终于从卫生纸进化到了砂纸。虽然被她当场抢白：“我天生就是砂纸，现在都钢板级别了。”我仍然充耳不闻，笑嘻嘻地畅想我们的未来：“我希望这样死去——有一天，七十多岁的我和你一起在这里喝完咖啡，然后我推门走出去，‘嘣’的一声，被汽车撞到，当场身亡……”

这是我们的共同愿景之一：死得干脆些，不给家人添麻烦。炳青笑眯眯地道：“这么利落真不错——只是咱能不能不被车撞死，只是推门出去走两步，然后心脏病突发走掉？要不，且得给人家司机添麻烦呢。”

除了再次膜拜她的慈悲周全，我别无选择。

哎呀，拥有如此厚道的朋友，都令我信仰自己也不无美好之处了。

丢开TITLE 我是谁

能将 TITLE 玩得滴溜转，必定不是寻常女子——TITLE 规则多为男性制定，与女人的本性极为不搭。她必有将真实自我粉齑，甚至仓促间不惜活埋的决心与力量，从而突变，或者说升华为另一种珍殊生物——拥有傲人 TITLE 的女人。

“女人们啊，一生都做个女人吧……那种用某种头衔来包装自己的人生，你们不需要。”

——这是日本知名时装设计师山本耀司对女人的一段忠诫。也许有人会觉得他未免太大男子主义，但我觉得他想要表述的是做女人的福利——女人可以拼尽全力攫取 TITLE（职位、头衔），更拥有不以 TITLE 禁锢自己人生的权利。而男人，却别无选择。

我一直有点疑心：那个华裔泰国前女总理英拉，闹这一场是图什么？

堂皇点说，匆忙赶做这一场总理，又没有为国家、为人民谋到什么实质性福利。狭隘点说，家族也没有落到什么实惠——难不成只为了自个儿过过拥有傲人 TITLE 的干瘾？

抑或作为知名前女企业家，有过“前总理”的 TITLE，以后生意更好做？干脆把这当做一场家家酒，反正人生如戏？

除非像昂山那样，争取 TITLE 是为实践信仰；或者像甄嬛，不搏命弄个 TITLE 就要送命——实话说我不大明白，女人为什么务必要争 TITLE。僧多粥少，想要得到，只好机关算尽，姿态很难好看。

TITLE 这个词，虽然正式进中国没几年，但已深深俘获一众英雄美人心。有人将之译为“抬头”，真生动。对于大众来说，有了 TITLE，自然就抬头了。

权力是安全感匮乏人们的最佳庇护。关于“当你有权势的时候，你会分不清谁是你真正的朋友——你不可能一直有权势。除非你很强大，从来就没有让这些势利小人进过你心灵小屋的大门”的箴言，与巨大的、无以弥补的身心空虚感、恐惧感相比，简直不值一提。

那么，如何才能获得梦寐以求的 TITLE 呢？

大二时，也不知怎么的，系里忽然放了我一个“学生会宣传部长”的 TITLE。大概因为我是校广播台播音组长，而且还会画几笔宣传海报什么的吧——所谓“专业型人才”。

我自然没拒绝。作为打小就被灌输“扬名声，显父母。光于前，裕于后”的国人，辛苦混迹，有个 TITLE 总不算坏事吧？反正也不必什么丰功伟绩，捎手就能搞定的事。

没成想，群众的力量是伟大的。同学们纷纷不干。因为就算最终需老师拍板，怎么着也得走个竞选仪式吧。于是，我们这拨由老师“指定”的倒霉蛋们，就被押上了竞选台。

其实，只要扪心问下：如果老师没有指定，我还会上这个台吗?

答案多半是不。那我为什么还要蹚这个浑水?何况“部长”的 TITLE 是挺风光的，但我心底以为的光荣并不在此。我宁可画出一张自个儿满意的海报，也不乐意上蹿下跳张罗一台晚会。

唯叹 19 岁的我，还没有扪心自问的好习惯。

想想那些竞选言辞，真是可笑到爆——我摆出的所有鉴证，全是我个人多么牛叉：拿过多少演讲、朗诵之类的一等奖，主持过多台全校晚会，发表过若干文字……总之为班级、学校以及系里争过许多光云云。

但这些，干大伙 P 事?不惹众怒就不错了。虽有身披“被老师指定”的原罪的缘故，但我的落选，主要还是因为，我不是那块料。

虽然心底里，人多半想的是为自己谋福利，但欲觅光鲜 TITLE，首善一条是能为大多数人谋福利，致命的一条是能为大老板谋福利。

那么，问题来了：真实的你，和公众诉求的你，是如此的分裂。将人性中本能的私心掖藏得针插水泼不进，不过是获得 TITLE 的第一步。更需分分钟像打了鸡血——就像爱马仕总裁克里斯蒂安·布朗卡特在回忆录《奢侈》中讴歌的那位销售员玛塔：

每个早上，玛塔把她的忧愁全都留在更衣室：母亲生病瘫痪，父亲患有老年痴呆症，儿子正参加中学毕业考试，女儿没拿到大学文凭……

玛塔一劳永逸地下定决心，要做个造梦人。只要她还在甲板上指挥她的战舰，就要像个威风凛凛的舰长，坚守战斗岗位，不让任何人分担她的痛苦。

玛塔对她的角色全力以赴：激励她的团队，吸引她的客户，展示她的艺术……玛塔总能崭露头角。

玛塔证明着她的存在，而且是在合适的位置。她可以替代团里所有上场的演员，充任所有的岗位，前方的、中间的、后方的。她甚至可以去收款和看门……

这哪是销售员，做销售总监都屈才。所以说，TITLE 显赫的人，必须具备分分钟角逐奥斯卡奖最佳主角的天分。

能将 TITLE 玩得溜转，必定不是寻常女子——TITLE 规则多为男性制定，与女人的本性极为不搭。她必有将真实自我粉齑，甚至仓促间不惜活埋的决心与力量，从而突变，或者说升华为另一种珍殊生物——拥有傲人 TITLE 的女人。

有女友曾在清华大学举办的“女高管形象设计班”中授课，回来恻然，说：“来自全国百位女高管中，尚保有婚姻的不足一成。”

TITLE 高尚的女人家庭幸福的确实较少，因为婚姻需要两个人裸裎相见，可惜女上司们的真身多已灰飞烟灭。就算还保有一二，也被 TITLE 的光环晕得模糊了。

升职前情感已尘埃落定的略为好些，起码之前她多少还葆有女性特质。但职场磨人，勾心斗角，琐事纷繁，数年下来仍能够维持“正常婚姻状态”的女上司，绝对凤毛麟角。

或者撒切尔夫人？冷暖自知吧。她的子女们恨毒了她。她在自传《斯宾塞日记》中坦白，后悔从政。

也许希拉里？呵，但凡能够坦然（起码人前坦然）悦纳丈夫出轨的女人，不升职都屈才。

我的朋友陈愉，曾在 31 岁时任职洛杉矶市副市长，她笑：“然后，追求我的人突然一下，就都不见了。”幸好一届任期只有四年。即便如此，之后好一段时间，男人们也纷纷被“前女市长”的光环震得退避三舍。直到卸任三年，她方遇见 Mr. Right。先后诞下两位如花小女，一家四口其乐融融。倘若连任不休，岂不耽误孩子打酱油？

虽然如此，活这么大，真心不想头顶 TITLE 的人，我就见过一个。真好，是女人。更棒的是，她是我朋友。

由于业务突出，蝉联公司第一，自然被领导盯上，不止三两次被游说“挑起一个摊子，给响亮的 TITLE，薪资翻番”。换了你，会如何？

起码数年前的我，第一反应尚是受宠若惊。然后？少不得装模作样的彷徨、犹疑，以请教的名义向亲友炫耀一番——结果？自是咬牙跺脚，撞上头去……为什么明知山有虎，偏向虎山行？

因为会得到众人的羡慕嫉妒啊。更因为彼时的我，丝毫也不羡慕嫉妒自己。必须承认所谓家学渊源——我和我爸的关于 TITLE 的纠葛，基本相类。

我们父女的起势基本雷同：兢兢业业的努力，坦坦白白的成绩。然而，一个业务拔尖型人才就是遭提拔的最佳人选吗？

反正我爸以他的跌悔人生反证了这一点。我爸一直坚持：通往 TITLE 之路是有捷径的——勇于承担重大 CASE，把每件事都做到所能够的极致，不卑不亢，有礼有节，懂得分享与感恩……脱颖而出并非难事。潜规则？当然有。然而，德不配位，必有遭殃。

他是这么做的，似乎也做成了。可惜有个 TITLE 容易，然而不断加升 TITLE 的猫腻，拿“这是一门艺术”来形容都委屈了——它就是一门玄学啊，加持过厚黑学的。哪是实在人如我爸可以，或者说甘于钻营的。

记得我小学头一回官拜中队委的时候，我爸送我四个字——以身作则。靠，把我累个半死，也没升大队委——真不是自以为行正走端，就可以官运亨通的。我妈评高级职称的时候，我爸是评委会主席，如你所料，他坚持大义灭亲，把名额给了别人。结果？除了换得我妈半辈子的委屈，于他的仕途毫无裨益。

善于战术的将才，与善于人术的帅才，完全不是一码事。

有个笑话说：一个有名的酒吧，把门的需要来客用技艺证明 TITLE。来了个人说他是球王，果然颠球颠得出神入化，把门的说："嗯，你是球王，方可进入。"放他进去了。又来个人说他是首席小提琴家，一曲奏下来，听者无不动容——"您请进。"后来来了个人自称总统，但两手一摊，说他什么都不会，把门的一听恭敬非常，连忙道："阁下请进。"

老大才不必玩得转具体业务，能指派得动别人就行。只是琢磨他人时日久了，难免忘却自家斤两。如果不是为自家梦想打拼，到头来不过是为他人做嫁衣裳。

回首往事，他老人家抚膝长嗟："当年要是不做官，一门心思待在我的实验室，就不说拿什么大奖，起码也多囤些养老钱……"当然前提是，他是个一眼望得穿的清官。他的学生毕业后但凡下海的，纷纷成了千万富翁。

那位睿智女友将这些看得透透的，所以一再坚拒。她不要 TITLE 还有一个由头是厌恶开会，"我还要研究新课题，没那么多时间拿来浪费。"

当然人家是真有才华。老板需仗其赚钱。同侪见其能而不骄，也都与其交好。在公司声望不低、薪资不少，乐得逍遥——你看人家这小日子过的。

她一位好姊妹毅然顶了她遗弃的 TITLE。实打实的工作压力努努劲还好应付，最难将息的是一干闲杂人等的口舌。却也没什么新鲜花头，无非是潜规则，能力平庸云云。又说她武大娘开店，只敢招比自己差的人——他们忘记其实这是在骂自己。

这位姊妹不由得向我的女友慨叹：“所谓人前显贵人后受罪，不过如此……看我这头发掉的。”

当然这位姊妹并没辞职。她的话也不无道理：“但凡女人升职，不被人编排才是奇迹。只是他们说下天来，我也是上司，他们只是下属。”

也是，再怎么背后嚼舌根，见了她的面，还不是一个个笑得跟包子似的。

这也是众人奋争 TITLE 的由来吧——有 TITLE，更有存在感。《舌尖上的中国》总导演陈晓卿自云不爱当官，但近日还是当了，因为：“没有一个行政职位，你连尊严都保不住。”

想要纠集一帮人，尤其中国人做事，还真需要有个 TITLE 狐假虎威。谢天谢地，好在我暂时没有这重大使命。且因为日渐不介意遇见的是撮一张包子脸，还是板一张馒头脸，我对 TITLE 竟日渐淡漠起来。

我介意的是，夜半独处时分，是否还能笑得跟包子似的。

对于我个人来说，取得 TITLE 顶难的一条，其实是 TITLE 越重，需穿着的行头兵气越足，直至男女莫辨。嗯，就凭绝不可穿“碎花荷叶边”这一项，我也不要什么贵重 TITLE——除非自个儿做老板。打得了天下的人，穿啥衣裳都是真理。

老少女养成记

就在我齿冷时分，丈夫恰好经过，凑过来瞧了瞧这些照片，又罕有地正眼瞧了我一眼，略带讶异地说：“哎，怨不得人家老说你没怎么变样儿，你现在跟那时候确实没什么区别啊。以前老听人说‘逆生长’，还有‘冻龄’什么的，你算是一个例子吧。而且我是知道你没有整过形的。”

搬家是一件需慎重的事，因为可能会冒出你找了很久而不得的东西，也可能会冒出你以为已经消失的这辈子都不想看见的东西。

此刻，我手里就握着这么一沓相片——别误会，不是艳照，是十三年前，我还没来北京时，济南摄影家协会的一位摄影师为我拍的照片。地点是我大济南堂堂有名的泉城广场。

照片里的我，服饰老土不在话下，关键是，天啊，当年我的 POSE 摆得怎么那么矫情？还有那表情，要么趸着脸刻意摆酷，要么皮笑肉不笑，要么一脸苍茫好像史前月球……

就在我齿冷时分，丈夫恰好经过，凑过来瞧了瞧这些照片，又罕有地正眼瞧了我一眼，略带讶异地说：“哎，怨不得人家老说你没怎么变样儿，你现在跟那时候确实没什么区别啊。以前老听人说‘逆生长’，还有‘冻龄’什么的，你算是一个例子吧。而且我是知道你没有整过形的。”

如果这话是我前男友说，我抵死不信。有人说话完全没节操，基本是怎么合适怎么来。但我丈夫，嘴头子一向是以给我添堵为上，令他吐出一二象牙，基本可列入神迹。

所以略怔之后，我还是稍微有点欢喜的。有把子年纪的女人，倒也没指望被夸“越来越漂亮”，假如能三分真诚地给句“变化不大”，已经可以去买彩票了。

哦，对了，还有咱并不属于“自来旧”那一款，十三年前还是常常被各路人等臆测为高中生的。

但是……作为非精神病患者，我当然知道，丈夫偶然兴起的这点感慨，其实完全禁不起推敲。

首先，就算高度近视患者，现在也不可能有人再以为我是高中生。其次，丈夫夸我那一天，恰巧我刚洗漱完毕，用了 SISLEY 眼霜和 SK–Ⅱ神仙水，并且没有化妆——经过多次实践及自取其辱，我深深感到：稍不留神，化妆就是增寿，而绝非减龄利器。

最后，也是最关键的，彼时正值晚间，灯光柔和，要是给正午大太阳兜头一照……我好佩服自己自从有了宝宝，总是拣中午时间跟人约会……我真是条女汉子。

可话说回来，偶尔休息良好、心情不坏，并且用心打扮时，还是有不少人惊讶于我的年龄跟状态之差的。对此，我当然沾沾自喜——哪个女人心底里没藏着个冻龄梦呢？纵然明知是梦，但鼻子前面挂没挂胡萝卜，驴子拉磨的劲头硬是不一样。

那么，我究竟几岁？对不起，对于这个高深的问题，我需焚香净手，屏退众人，坐下来支着头好好想一想……

作为一个矫情人，我坚决不承认这是矫情——人家委实记不那么真啦。你可以坚信我是在装 ×，但年纪大了，记忆力肯定会下降，这总是事实吧？

一个常常忘记自个儿年纪的人，自然会做出一些“与年龄不相称的举措”。时日久长，岁月他老人家也会不禁犯迷糊……吧？

我不大能肯定。但有一个客观事实是，几乎每回去医院，或去体检，都会被大夫们上下打量着惊叹：“嗄，你有 × × 岁？”

更好的消息无疑是，细纹和赘肉不能白长，我已经渐渐不再介意，身心疲惫兼穿着失败时，被高大威猛的中学生模样的孩子们（靠，现在的孩子发育真早）喊阿姨了。原本就是，如果我生宝宝够早，孩子也差不多这么大了……

现在呢，我打算满足一下自己的好奇心——我究竟是如何赖在人谓“老少女”这一光辉营盘，纵然被岁月嗤笑唾弃狂踢滥踩，仍忠心耿耿死不撒手的呢，尤其对于一个劳动密集型妇女来说?

生活习惯好，不吸烟不喝酒?可是，我还经常晚睡早起呢……毫无疑问我不是保养达人，但稍微用点心，跟“姐就这样了，老天爷你爱咋咋”还是有所区别的。

要说起来呢是酸了点，但因为确属真相，也就顾不得了——都说一个女人见老，先从眼睛开始。有人以为说的是眼角，遂拼命买最昂贵的眼霜，进最高档的美容院，结果眼神却愈发空洞张皇……

只有心怀善意与梦想，希冀看到美好未来，眼中才会散发春日桃花般的灼灼光彩。倘若恐惧未来，或者自感将来没啥指望如祥林嫂，眼神自然要么寒气森森，要么死水一洼。

都说保有好心情是妄图“冻龄”的基底，可作为祖传的业余五段生气爱好者，我在这方面做得也实在……曾经一度，我不得不和同样嗜美的女友约定：再也不跟男友吵架到凌晨四点了，忒毁皮肤。

后来我们果然不了。倒不是一诺千金，主要因为年纪大了，吵不动了，最晚吵到凌晨一点就眼皮发硬了……好吧，也甭惯性谦虚了，确实近几年本人的生气段位大幅下降。原因?当然是我越来越聪颖智慧、英明神武，哈哈哈。

其实，说白了就是想通两条：①只做爱做的事。②偏交喜欢的人。听起来不容易?其实做起来没那么难。不外乎就是损失些眼前的既得利益。实践证明，我并没有冻饿而死。

心情好胃口就好。见过我吃饭的人，没有不被我对食物的充沛热情所感染的。发现美食，和喜欢的人一起吃美食，绝对是本人苟活下去的一大动力。贪吃的结局众所周知，那就是——我的体重基本保持了大学时代的水准……

我承认，那天在微信看到有人转：“不要跟常年维持同一体重的人交朋友，他们忒狠。”我的第一反应是惯例心虚——自卑的人都爱找骂。然而幸好现在进步了，我马上了悟：这纯粹是羡慕嫉妒恨嘛。

其实，咱也是肥过的人。生完宝宝一上秤，122 斤高高的。四个月产假结束该上班了，体重还是 112 斤居高不下，衣码比“生前”足足大了一号……

听见很多妈妈为了保持形象，产假还没结束就开始节食健身，从而一举在上班时分以“生前”形象惊呆了大伙儿（当然母乳也停掉了），小心眼当然禁不住痒酥酥的。但为了保证母乳喂养，我不敢刻意节食，每天还是鲫鱼汤、猪脚汤络绎不绝。

那为什么在宝宝 1 岁时，我的体重就乖乖掉到 101 斤，后来又恢复到两位数呢？见过很多超重人士宣布：天下减肥法全然不灵。而据我观察，其实就是吃得太横。

曾经和几位丰满型美眉吃饭，对方无一例外点的都是浓油赤酱红肉类，有的一盘不够还要再来一盘。我虽然不节食，但一来很少有“老板娘，再上碗蹄髈”的豪举；二来，有时候厨师太精彩，不由得吃撑了，那下一顿就少吃几口呗。最后，也许是最关键的：基本每回大吃特吃完，起码半小时内，我都能走不站、能站不坐、能坐不躺、能走路不乘车。

身材好坏当然不能只看胖瘦，还在于线条是否均匀。见过一位女士挺苗条的，可惜就是凸着一只小圆肚……上健身房当然是好主意，只是见女友殷殷开四十多分钟的车去健身房，再花二十分钟停车，不禁失笑：“你直接走到健身房再走回来，恐怕效果更好。”

作为泱泱毅力缺乏大军中的骨干分子，在第三张健身卡还没刷到一半又过期后，我彻底放弃了“每周进健身房两到三次”的美好蓝图。我不是这块料。好在作为闲不住界资深人士，每天见缝插针做几分钟“类瑜伽”式的深呼吸舒展运动还是不成问题的。大约因此，在很多比我年轻的媒体同行为颈椎病、肩周炎等“职业病”所困扰时，我幸免于难。

得承认，在时尚媒体工作，于护肤方面是有优势的。因为有很多机会接触、了解乃至“试用”各种保养品。当然，也包括深知这类印刷精美的杂志对于大牌，也就是贵价护肤品不厌其烦的推荐，其实基本是给钱就给登。谁给得多，就给谁安个名声响亮而不知所云的奖项。不能说完全无效，但就性价比而言，只能说聊胜于无。

但我绝不是护肤品鄙视主义者——我不敢。曾见过两位非常美丽的女孩，年轻时——我是说，她们 28 岁以前，都有着接近完美的光润肌肤，并且很以她们“从不用任何护肤品，洗脸都只用清水”而自豪。

这的确或可骄傲，因为彼时很多狂掷千金在护肤品上的人，跟她们的天生丽质都完全不具可比性。但是，接近30岁的时候，她们的肌肤状况纷纷恶化，黄气、细纹、松弛、色斑、眼袋纷纷出现，30岁后更是变本加厉——现今环境如此恶劣，重重压力比山大，不耗点买路钱在这张脸上，岁月它哪肯通融。

穿对衣裳当然更是减龄捷径。但除了“裤腿不好套在胳膊上”“胖子勿穿横条纹”等基本原则，我一向以为“穿得对或者不对”是没有统一标准的，基本要靠个人修行。就像学游泳，读多少本畅销游泳教程，看多少回高手示范，都不及自个儿一猛子扎进水去呛几口来得事半功倍。

想要佯装“哎呀，人家还小呢”，当然不是几件粉嫩色、几只蝴蝶结、几坨卡通图案就能糊弄的，如果跟整体气质差距过大，反而会被人笑“刷绿漆”。

倘若胸中那枚老少女坚持迤逦不去，非荷叶边、小蓬裙不得释怀——比如本人，那不妨配件小香风粗花呢外套、Burberry卡其色风衣等熟女感服饰找补一下。如此混搭会令人一头雾水？那就对了。你昏头了，自然就搞不清我的芳龄喽。

当然还有仪态——这个曾经是我的弱项。即使受过专业舞蹈训练，但因为种种历史造成的心理原因，我的仪态一度并不好。就像我在十三年前的那些照片里所展现的，要么畏缩含胸，要么昂扬过头。

还是这几年，因为渐渐廓清了自个儿的斤两和世界的底线，以及我与这世界的合作几率、掐架指数，从而日渐心下敞亮、脚步轻快，不必着意却已身姿舒展。更惊喜的是，因此连唱歌都比从前悠扬了许多。

对了，还要尽可能闭嘴，话语稠密度跟年纪向来成正比，更切忌不分场合探讨养生、养老话题。尽量避免跟年龄差五岁以上的朋友去K歌，就算扮成杨幂、刘诗诗，你最擅长的歌一秒钟就会出卖你的年纪。

好复杂？嘻，这还都是表面功夫而已。想要跟作为这个世界上最大的腕儿——岁月阁下打秋风，不使出平生功夫怎么行。所以什么读书啊、新学一门乐器啊、常看画展乃至干脆自己涂鸦啊、偶尔来一场说走就走的旅行啊……就像公关高手没事都会时不常登登重要客户的三宝殿，其实，这些养身怡性的小情小趣，才是令岁月大人关键时刻心下一软，放你一马的最重筹码……

好吧，能做的我们都会做，且是一丝不苟而心平气和地做，但没有谁终能掣得过岁月的劲肘——相对于永远一张打多了肉毒素的僵直脸，我更欣赏女神张曼玉的态度：“亚洲人才比较介意老这个事情。我小时候在英国长大，然后在巴黎生活了十年，那里的人没有这种观念。为什么非要年轻、没有皱纹才是美呢？人不是一定要美，美不是一切，它很浪费人生。美要加上滋味，加上开心，加上别的东西，才是人生的圆满。”

就为这段话，我决定：张女神即使唱足20次现场还是很难听，我依然会买第21场的票。

必须承认：衰老不是敌人，因为我们注定打不过它。毫无疑问，我们都将与它握手言和，相携一同趑趄着去见上帝。不过，还有那么多精彩没有来得及相遇，还有那么多有趣没有来得及相知——不如还是让我们尽量拖晚一点，再跟它 Say Hello 吧？

谢谢你的仁慈。谢谢我的努力。

你好，囤积欲

世间多半欲癖，底牌都是恐惧与伤痕吧。之于囤积欲，我也曾经羞愧，但现在，我决定与它握手言和——就像我正日渐理解我爸，学习体谅我妈，待自己更温柔……总有一天，我会向体内的囤积欲，说声“谢谢你曾陪我成长”。

作为一个声名狼藉的购物狂，混迹着混迹着，蓦然惊觉：居然成为坊间小有名气的“断舍离代言人”。接连被好几家主流纸媒，就该主题深入采访，大幅报道。

也没什么可诧异的——倘不曾狂，也没甚可断。

嗳，怨不得现今时尚类纸媒越卖越差，伊们总是截取一爿偶然小确幸，来概念整个人生。没办法，纸媒十年如一日的薪资稿酬，难免令人失却了智慧勤勉。

扯远了点，我的意思是：我不过是小小地舍了几回，一点也不耽误我在购物狂的漫漫长路上继续痴情跋涉。但是，他们居然慷慨下结语曰：“该人顿悟啦、收手啦，成‘简洁生活代言人’啦。”

不过是为帮朋友填充版面而已，他们也曾这样泼力帮我。所以，不是无聊过甚，少买时尚类刊物吧——此乃一名时尚媒体前从业人员的至情告白，切切。

想要断舍离，必先贪得粘——我之所以能够夜以继日地贪这些年，完全是拜“尚不够贪”所致啊。要是像我一位同好女熟人，SHOPPING到银行、物业三番五次上门贴条、围堵，跪求她缴纳房贷、物业及水电燃暖费的地步，大约早就断了。

问题是，贪了这许多年，我竟从未曾历经如上风险。甚至上述女熟人的窘境，还是我借钱给她解决的……也难怪我一路呼啸，沾沾自喜，贪得无厌。

可既然如此洋洋自得，缘何忽又呼天抢地，哭喊着只求速速了断呢？

话说“每一件在生命中发生的事都是上天派给的功课”——去年底，因为女儿换新幼儿园的缘故，我家房子骤然狼狈地缩水了小一半的面积。

当初本想把原来的房子出租，所以东西悉数搬到了新家……结果可想而知，看着拥堵得跟上下班时段的帝都三环似的房间，我愤怒地朝一向以“在野党”自居的丈夫咆哮：“好啦，少叨叨两句会死啊——”

“执政党”嘴头子虽硬，心底下也不是一点不发虚的。东西是有点……或许……哎呀，实在太多啦。新置的不锈钢挂衣架已被压倒一个，可怜的书本们更是不得不一摞摞委身地面……

别说娇嫩的“在野党”，就是执拗的“执政党”，看了也只觉胸闷气短。

何况，一点不错：房间就是你心灵的映照——那阵子，我常常心神不宁，只觉有千头万绪郁在心头，不，喉头，分分钟就要崩泄。但遍寻四方，也找不到疏导的出口。其实，也不是全不知该往哪里去，就像一台内存过多的老电脑，行速迟缓，事倍功半。

我对付坏心情的方法一向是：洗个热水澡，抹得香喷喷，睡觉去。如果洗了热水澡，喝了温牛奶，听了音乐，还做了瑜伽，都睡不着，那也只好……以收拾房间的名义“断舍离”一下？

当然知道，日本杂物管理咨询师山下英子推出的这个“断舍离”概念，自是以“断”为本——姐根本就不要。

既可“断”，自然无从谈“舍”。“离”则更是彻底无欲，就像浪子收心，弘一大师出家，见了美女动心不动心两说，起码绝不动身了。

但是，不好意思也得认：“断”也罢“离”也好，起码当下，我 99.99%做不到。

也许可以少买。但是，我不懂，面对如此精妙的创意、精良的制造，为什么要奋力抗拒？四大皆空固然乃人生高境，可人活一世，假如当真空空如也，又何必劳父动母、劳民伤财、劳心费力走这一遭？

何况我的理想之一，是做个生意红火的裁缝。大家伙纷纷都断了，我这远大理想咋办？所以，需以身作则，从我做起，不可胡断乱离，而应边买边学，提升品位。

像《过度着装：平价时尚的高昂代价》那本书里所说的："美国人每年购买200亿件服装，平均每人64件。而生产一件T恤要使用700加仑的水，产生数加仑化学废物……"啧，实在是作孽。

之所以买这么多，是因为这些大路货色的衣服价格实在便宜，以至于清洗它们还不如扔掉另买新的——真正设计惊艳从而价格不菲的衣裳，你舍得随手买、轻易扔？

放弃可有可无的大路货色，需要买得越发花猫绿狗、出神入化——也就是入手的每样宝贝，都务必美到噎人，而使大伙包括品位可疑的"在野党"，唯有默默膜拜。同时，因为这样的宝贝肯定都没法便宜，也只能少买几样——无形中也算一种断吧？

好吧，我承认，真正的缘故还在于——

大二寒假，我在商场里发现一件别致的灰色羊毛开衫，左肩上挂着一大串俏皮的同色羊毛毡立体葡萄，一直倾泻到胸前，扣子是暗花有机玻璃复古的那种，整件衣裳十分优雅有趣。

嗯，我妈皮肤白，下面配件雪纺百褶裙，上班穿海军蓝色，圆领间塞件花色真丝围巾，下班穿倒挂金钟粉色，配条珍珠项链，一定都好看，也符合她的大学教师身份。

如果它不足够美丽，当我指给我妈看时，她也不会眼睛一下就亮起来。只可惜贵了点，在人均工资千余元的当时，它叫价四百多，且商场专柜是没得还价的。

要说我的购物狂因子真不是盖的——在人均工资万余元的当下，舍得花四千多块钱买件毛衣的人也不是那么多吧。但只见我妈仅犹豫了两秒钟，当即一挥手，买单。

可是，这件雅致又温暖的毛衣，她一次也没有穿过。

因为衣服刚捧回家，我爸就发神经似的来了场衣橱风暴——他打开衣橱门，一件件揪着我妈的衣服，咆哮："你衣服都这么多了，还老去买，啊？"

当他发现这件没拆吊牌的毛衣上的价签时，更是火上浇油。他一把扯下这件美丽的毛衣，砰地丢在床上："吓，这一件就四百多……"

我不想重复我爸接下来更加理直气壮、滔滔不绝的指责。作为典型性指责型人才，这绝不是他第一次也不是最后一次的无事生非、小事化大。

即使再修身养性，每个人也都有短板。想要一个完美无缺的配偶？如果不介意略嫌冷漠，可以考虑充气娃娃。

不久，我妈因为罹患眼疾吃激素，身材发福，再也穿不下那件美丽的毛衣了……

——那么，在仍然无法“断”“离”的当下，不如来“舍”吧。

为衣橱及楼板安全计，其实我一直在“舍”。丈夫有个刚大学毕业不久的漂亮小侄女，和我身材相仿，几乎每一两个月都会遭到我一大箱所谓二手衣服的快递轰炸，其中大部分只穿过一两回，小部分吊牌未拆。

有时候，太喜欢一款设计了，不禁每种颜色都买一件。其实到手后，真正上身的不过其中的某件而已，于是就送朋友。丈夫起初嘀咕：“人家喜不喜欢啊？”颠扑不破的实践证明：嘿，还真是送得开心、收得欢喜，大伙儿就差给我送锦旗了。

他只好愤愤闭嘴。

有次为配合新书《我的私人时尚史》的宣传，我在微博连送 99 件衣饰。哎呀，那个热闹，众美女在留言栏里抢得不亦乐乎。

感谢各位信任我的品位——不经历风雨，哪能见彩虹？不花冤枉钱，何来好眼光？嗯哼。

见老友在微信慨叹：好容易送出 100 件，又呼啦啦买进 200 件，如何是好？我含笑留言：问责，是觉悟的开始。

世间多半欲癖，底牌都是恐惧与伤痕吧。之于囤积欲，我也曾经羞愧，但现在，我决定与它握手言和——就像我正日渐理解我爸，学习体谅我妈，待自己更温柔……总有一天，我会向体内的囤积欲，说声“谢谢你曾陪我成长”。

慢慢来，咱不急。

附：《东方文化周刊》关于“断舍离”的访谈

《东方》：你喜欢购物吗？

画眉：喜欢……好吧，非常喜欢。

《东方》：作为女人最爱买什么？

画眉：书和衣裳（包括鞋子、包包及各种首饰）。

《东方》：什么时候开始有这个赠予衣服、鞋物的念头？

画眉：之前一直在赠，但赠予对象主要限于周边的亲朋好友。可怜我一个美丽小侄女，曾被我“赠得好惨”，因为我隔三差五就给她快递一大箱。后来觉得老这样“强赠”也不好，作为长辈，自我塑造这样一个购物狂形象，多少有点羞愧……开微博后（我开微博比较晚），就想着把东西拍了照片放上去，喜欢的人自然会来把它们领走。

《东方》：什么时候开始实施？

画眉：2012 年只是小试牛刀，放上微博几双鞋子，很快被拿光。那时候我还帮对方付快递费呢。后来，2013 年夏天，我对自己满坑满谷的衣服、鞋子、书表示愤怒，因为有相当部分使用几率很小，甚至根本没有用过，而且这辈子恐怕都不会碰了。正好漓江阅美出版机构的朋友给我递了本他们新出的《扔掉坏人生》，就是处理掉自己可有可无的东西，活得更轻松。我决定在微博上送掉它们，邮费由对方来付。

《东方》：用什么方法实施的？每次选几件东西？

画眉：那段时间我不用坐班，比较有空，就每天上午发一到两条微博，把要送出的书或衣裳放上去，当然，衣饰们还得有图。因为微博有140字限制，所以每次只能送六到八样东西。送了大概有一个来月，连书加衣饰送掉一两百样吧。后来又定期不定期陆续在送，反响都挺热烈的，很多美女说我的东西都很棒，可见我眼光不恶，建议我自己创立个服饰品牌，哈哈。

《东方》：既然是送，为什么还要用心地像杂志拍片一样把物品都拍好？
画眉：我做时尚媒体多年，对图片质量是有一定诉求的，太难看的图污染视觉、损伤幸福感，选取或拍摄好看的图片已成我生命中不可或缺的一部分。

《东方》：怎样选择自己要赠予的物品？会不会舍不得？
画眉：有一部分东西，原本不适合我，当时要么是别人送我的，要么是自己脑袋被驴踢了，吃饱了撑的买的，送给更适合的人可谓皆大欢喜。还有一部分，我用其实也不错，但有的是我已经有好多件类似的东西了，有的是有它无它，问题不大。即便如此，当你知道它将要完全离开时，多少总会有些不舍，一方面是恋旧，一方面是贪婪，还有就是人类很难剥离的不安全感——最后这点最致命，这使你觉得“多总比少好”。那些不间断在女人之间周旋的男人，本质上也是这种心理，资深花花公子马龙·白兰度就曾在自传里坦白：“如果身边同时拥有七八个女人，那么有一两个离开我，我就不会太过悲伤……”但这样做的结果呢，就是他的女人们都很痛苦，他自己也没有发自肺腑的真正幸福感。所以，尽管有些东西确实不舍，但扪心自问不是爱入骨髓，不如舍了，放它去找真爱吧。

《东方》：实施过程中，有哪些有趣的小插曲？
画眉：因为在微博（后来又加上微信）送东西的周期比较长，且定期不定期一直在送，有的美女会一直索要个不停，直到提醒她“短期内最多只能要三次，好让别的美女也能有机会”。我并没有轻看这些女孩，她们就是曾经的“以多为好”的我自己。当然遇见的更多是正能量，好些得到赠予的美女乃至帅哥成了朋友，有些还会“回礼”给我——有好看的图书，有美味的零食，居然还有大闸蟹……太意外太感恩了，弄得我很不好意思，这简直是典型的“投李报桃”啊。

《东方》：身边的其他女朋友有什么反馈？
画眉：女友们看见我赠出的东西，有喜欢的也会开心地说喜欢，想要。有的朋友说自己东西也很多，会学习我这种赠予方式，令世界及其自己的身心更环保。

《东方》：觉得这样的方式清理自己的衣橱及书橱好吗？
画眉：虽然又要拍片子、找片子，还要写单子、打包、快递，比较费事，但为在我这里给“可有可无”的东西找到珍惜它们的地方，是很慈悲的事。虽然多少会有点心疼，但女人就要对自己狠一点。

《东方》：有什么心得体会？
画眉：光开源不行，还要节流，不然人生变成“买了送，送了买”，会错过很多亲近其他美好的机会。相对“环保送衣送书”，少买（不买不可能吧？）才是釜底抽薪。而买得太多的多半原因，其实在于“反正不贵，买了也不会破产”。
近来看了一本美国人写的书《廉价》，触动很大。所谓“好便宜啊”，不过是一种攫住人类心灵弱点的商业模式，依靠“廉价”这块金字招牌大发其财的商家有的是，其实跟故作“高档”“奢侈”“稀有”“限量”一个道理。定价低廉到可怖，或者打 0.5 折，跟你有什么关系吗？如果你真心需要一样东西，没有它你或你的爱人会死，你还会介意它的价格吗？想清楚这一点，价格就不再是押在你脖颈上的魔手。

相关链接——断舍离

这是日本杂物管理咨询师山下英子推出的概念——

断＝不买、不收取不需要的东西。

舍＝处理掉堆放在家里没用的东西。

离＝舍弃对物质的迷恋，让自己处于宽敞舒适、自由自在的空间。

还以为你抢我鸡蛋呢

——写给女性生殖系统的一封信

当那位美女医生打开我的子宫，一边利落地为我取出宝宝，一边惊叹：“啊，你的子宫，还有盆腔和附件，真干净，真漂亮，一点也不像你这个年龄的（我当时我已是高龄产妇）。”望着身边呀呀大哭的新生的美丽的小小女儿，我几乎落下泪来。

亲爱的，你好！

曾经以为，你是我身体中最不重要的一块。

在我的成长过程中，没有人提到过你，好像你根本不存在。哦，不，好像有一回，5岁还是6岁，我偶然发现，把毛巾放在两腿中间，有一种奇妙的感觉……

但妈妈发现我这样做，当即沉下脸来，声音蓦地低沉着说：“唔，不能这样。”

我当即羞愧难当，从此乖乖加入大人们的同谋，假装你不存在。

十三四岁的时候，忽然在家中书柜发现一本奇怪的书，名字好像叫《青少年身心健康》什么的。我越过那些“生吃瓜果要洗净”“有心事找信任的师长沟通”，直奔“月经来潮”那一章去。

小伙伴们都来潮了，比我年纪小的都来了，就我没有——跟我不爱吃红肉有关？着急谈不上，但我想弄明白是怎么一回事。

还好，那本书上说，12 岁到 16 岁之间初潮都算正常。我松了一口气。但是为什么每个月都要流血，从哪里流出来，流血意味着什么……大约是潜意识排斥的缘故，虽然漫读一气，我还是一头雾水。

书当然是我爸或我妈着意丢在那里的。当然我是背着他们看的。两下里鬼鬼祟祟、心照不宣——看来你真不是什么上得了台面的好鸟……吧？

初三《生理卫生》课本中，关于你的内容被排在最后一章。自然，老师也没有讲，只是含混咕哝了句“自己回家看，反正也不考”。

彼时，课堂上异常安静。男生女生都屏了气红了脸，最调皮的男生都不起哄了——你一定与一些隐秘而不够光彩的关系密切。你看，每当你出现，全民肃然，以示与你全无干连。

作为一个熟手乖孩子，私下里我也没有仔细研读这一章。所以，甚至迄今，我就要成为两个孩子的妈妈，都没法精确描绘出你美丽的样子。

亲爱的，我可以说你美丽吗？我记得第一次见到你露在身体外面的部分，是在我三十出头的一个下午。因为……

曾经，因为前一天晚上和同学一起联欢回家太晚，大约为显示教女有方，我爸当着一个我的追求者的面大声呵斥：“若你给我做出猪狗不如的事，我打断你的腿。”

哦，为何但凡关于你，师长们给出的态度不是躲藏便是愤懑？这句话彻底风干了我关于你隐秘而热切的期待。多年来我对你宿敌般东躲西藏，宁愿令自己身心迷惑，也绝不肯逾越“雷池”。

——那天，我忽然生气了。因为我常常故意忘记自己是个女人，就像故意忘记我还活着，难怪一直心底难过，姿态难看。我怀疑自己有自虐倾向，所以决定“以毒攻毒”，直面一下大名鼎鼎又声名狼藉的你的外表，是个什么样子。

我拿一面镜子放在下面，两腿张开，努力将头抬起——之前我甚至没有接受过妇科检查，所以做这个动作时相当别扭。估计当时整个身体都缩成一团，从眉眼到子宫……

说不上美，但也不丑。我命令自己凝视你的样子，直到静静地落下泪来。

第二次为你落泪，是在一次采访中。地点：某三级甲等妇产医院生殖调节科。

那么多的女人。从十几岁到四十几岁，从紧致到令人屏息的线条到松懈到一团模糊的线条。全都待宰猪羊般排着队，在护士冷漠的大呼小叫中呆板着脸——等待切割你，以便杀死由你护卫的自己的孩子。

其中一个三十多岁异常憔悴的女人，据她讲已是第九次来这里了。这一次据说是不知道怀孕而吃了安眠药——

“医生说自排卵起一个月内吃药都没事，但是，万一呢？必须做掉。”她口气坚决，但凄惶的目光出卖了她的心事。

哦，真只是因为不小心吃了药的缘故？

不知道前八次是为什么？不知道那被剥夺的九个小小魂灵，将为她的下半生带来怎样的牵扯？不知道上天赐她的做母亲的机遇还有多少？不知道多年以后，她会不会追悔莫及？她是有多恨你，才会一次又一次令你痛楚得抽成一坨，从而整个身心渐次失去如春花般舒展的气力与颜色？

还有一个 19 岁的姑娘，大约因为表情凄楚，显得气质格外冷艳，拥有我所见过的世间最美的胸脯——健康的小麦色，C CUP，不戴文胸仍然乳沟深耸，卓然挺立。别说男人，女人见了都要倒咽一口唾沫——不是整的，所谓天生尤物。

她这样绝美，这世上就找不到一个关爱她的人，告诉她什么是安全期，一定确定肯定以及务必，不想生宝宝就要戴安全套吗？

那次采访回来，我失眠大半个月。

听见话剧《阴道独白》好不容易在蓬蒿剧场公映的消息，赶紧拉了未婚夫去看。

当女演员们在台上一遍遍引导嗓音干涩的观众喊出“BO-YI-BI”的声调，我大声应和着，觉得腹中那股怨气，不，冤气，渐渐释放出来。

身边，我未来孩子的父亲，一名以保守自诩的理工男，没有跟着叫，但是看得出，心有触动。

感谢这些勇敢的像花儿一样的女演员对你的尊崇与礼赞。

是的，自小太多阴翳的教诲，令我们很难安然面对这通向你的唯一途径——阴道（或者叫 BI），与鼻子、眼睛、耳朵、手指……我们身体的每一个部位平等的事实。男人比女人更难面对。

也许有些女人也不肯。否则她怎么将处女膜或者再造处女膜，趸出一笔好价钱。

看见《爸爸去哪儿 2》里，台湾歌星曹格带一对可爱儿女大受欢迎。作为资深艺人，媒体面前他很会制造话题，不断强调儿子 Joe 跟黄磊的女儿多多有多么地“投契”，“而且已经擦出火花哦”，一副恨不能订下娃娃亲的架势。

但是，一提起女儿的“姐姐”，他立刻变脸，说：“（以后她带男朋友回家，）我一定会敌视啊。我早就说过，她 28 岁以后才可以交男朋友。”

“因为我知道男生有多坏。”当记者追问，为什么非要 28 岁时，曹格脱口而出。

哈，儿子才 6 岁，就急着为他“撮合”“女友”，女儿却“28 岁以后才可以交男友”——要说曹格真是个真诚的男人。

什么叫男人的“坏”呢？我记得早年前，我妈也曾郑重转达过我爸的如此重嘱。当然，也没好意思仔细掰扯——男人说“爱你”的意思就是“想上你”？“打一枪换一个地方”？“跟他说你怀孕了，他丢下一笔钱就算仁至义尽”？

但是，在我的媒体生涯中采访过的最有趣话题之一，《我的 SEX 真人秀》中，面对面受访的从 21 岁到 38 岁、从北京到荷兰的十数位女性，都并没有遇见过曹格们担心的“渣男”——

当然，起初也许会掺和那么一两个，但是，Who care？大家都用了安全套，系上裙子又是一条“内里女汉子，外表软妹子”。

她们谈得最多的字眼，是“前戏”“高潮”“放松”“健康”。“年龄越大，越容易有高潮哦。”有位儿女双全的已婚女士说，现在她可以做到独自令自己高潮。

为了保有“控制”权，男人想太多了。难怪比女人短寿。

那天下午茶提及这个话题，一位可爱得女友讲了如下笑话：

一妇女去集上卖蛋，走到半路被一帮混小子截住。妇女奋力反抗，架不住人多势众，还是被那帮小子摁在了地上……完事后，妇女爬起来拍拍身上的土，说："哎呀，早说啊，费这么大劲。多大点事啊，还以为你们要抢我的鸡蛋呢。"

啜一口鲜榨橙汁，女友悠悠道："男女之间这点事，实在小得可怜。从某种意义讲，男人比女人更可怜——"

她当然指的是相当部分男人的人生，都被荷尔蒙所驱使，不能静下心来享受万物更多的灵与美，甚至包括他们所谓"最爱"的女人。

By the way，我女友洁身自好，从来。

所以她才有幸拥有一位19岁就自己决定做"阴唇整形"的明智女儿。那位小美女认为自己阴唇部分"有点大，走路磨得慌"，小手术而已。毫无疑问，她的身心因此更加平衡、舒畅、美丽。

真羡慕啊——90后，00后，10后……我相信她们只会越来越尊敬、热爱、懂得、珍惜你，自豪并珍重自己的女性身份，从而更自如地与世界共舞。

我不是一个标准美女，但因为对自己的基本尊重，一直以来得到过许多客气的赞美。但令我至为感动的一次欣赏，是在我第一次躺在剖腹产手术台上。

当那位美女医生打开我的子宫，一边利落地为我取出宝宝，一边惊叹道：“啊，你的子宫，还有盆腔和附件，真干净，真漂亮，一点也不像你这个年龄的（我当时我已是高龄产妇）。”望着身边哇哇大哭的新生的美丽的小小女儿，我几乎落下泪来。

亲爱的，太谢谢你了。这么多年，其实我为你做得很少很少。只能说，我一直警戒自己，几乎没有做过什么伤害你的事，适量运动，经期尽量不剧烈运动，不碰刺激性食品，一年四季都很少吃冰，孕期亦坚持瑜伽……

我只为你做过这么一点点，却错过你最强盛的时期孕育子女，还懦弱地选择了剖腹产令你加倍辛苦，你却默默还我一个女人的最高奖赏——诞下健康的宝宝。

从那天起，我很想为你写一本书，叫做《子宫自白》。当然也会提及关于你的一切。以第一人称叙述一个女人自胚胎起，一直到离开人世，子宫，包括各种附件，可能遇见的所有悲欢。

当然，我不是专业人士。迄今我对子宫的所有了解，不过是知道“长约 8 到 9 公分，像一只倒挂的梨”，“一生有孕育 400 个孩子的机会”，因为每个月子宫内膜的剥落，还有孕育生命的天职，是“人体最辛苦的一个器官”……一些基本常识。

我问过许多女律师、女设计师、女作家、女企业家、女科学家，她们于此知道的甚至还没有我多——这也是我想要写这本书的原因所在。

虽然非专业，但我可以与专业人士合作。我相信，以我对你的热爱及愧疚，我可以写得扎实而生动。最关键的是，我有女儿，我要这本书的每一个字都为她的一生负责——

好吧，其实我都不一定要它出版，我只是想藉此向你致敬——无论怎样想象我对你的热爱、感激、膜拜都不过分。这是我人生的梦想之一，我将以生命中最美好的能量去实践它。

祝你平安快乐，就像祝福我最好的朋友。

深深爱你的：画眉

让我讨厌的人

我只记得她夸过我一次——如果那算夸奖的话——那是我怀孕时，人胖了十几公斤，蓬蓬裙、小洋装一律下架，只能穿有弹性的宽松毛衣或披肩，基本不化妆，长发也剪短了。就是在这样一个自觉很狼狈的时候，她似笑非笑地凑上来，当着大家的面说："我觉得你现在这个样子，比以前好看多了……"

3岁的小囧妞第一次去看舞台剧，碰巧客串了一把临时小演员。

其实，说来很简单。当时那只扮演"七耳兔"的演员在台上邀请小朋友上台合作，扮演一个小角色。我问囧妞要不要去，她没说话，只是一个人颠儿颠儿跑上了台。并且按照演员叔叔的要求，该高喊就高喊，该匍匐前进就匍匐前进，配合得不错。

十来分钟演出结束，剧组人员当着全体观众的面送给她一只大大的"七耳兔"玩偶。虽然表面淡定，但看得出小家伙十分开心，因为下台后，她紧紧地抱着那只可爱的兔子玩偶，一个劲儿地跟我们说："下次还要来这里玩。"

散场后，在剧场的电梯里，我们遇见另外两家人。其中一位妈妈指着小囧妞，笑眯眯地对自己的儿子说："这不是刚才那个小演员吗？小妹妹好可爱啊。"

看起来大约五六岁的小男孩瞥了小囡妞手里的玩偶一眼，从鼻孔里哼了一声："哼，不过就是个玩具而已。"

大家都笑起来，他一定很想得到这只兔子玩偶，所以才会"特意"表示不屑。另外，妈妈赞美别的小孩，也令他有些不快。

他温文尔雅的妈妈还没来得及说话，另外一家人中，一直蹙眉不语的爸爸忽然冲小男孩挑起大拇指，高叫："好好好，一针见血。"

大家又都笑起来。我也滥好人地赔着笑脸——电梯间很窄，大家离那么近，不笑似乎不太礼貌。

"小妹妹很可爱，你也很可爱啊。"那位可爱的妈妈赶紧安抚儿子。
电梯门开了，大家就此散开，可能此生都不再相见。

但是，有什么一点点从我的丹田处泛上来，渐渐充满整个胸腔——是的，我讨厌那个涉及"一针见血"之类的风凉话、就跟打了鸡血似的男人。

其实，进剧场的时候我们乘坐的也是同一部电梯。当时他的小女儿趴在他肩头，一副快要睡着的样子，我还笑嘻嘻招呼："哈罗，小宝贝是不是困了？看完演出再睡哦。"

彼时这男人蹙着眉头，一脸漠然的样子。现在听见小孩子对别人的劳动所得表示一点不满，却兴奋得要命——什么意思呢？

是说小囧妞忙活半天，不过得个玩具而已，不值得？还是心底里对于“别人的孩子”有机会上台表演羡慕嫉妒恨，只是不好意思明说，听见童言无忌，赶紧打蛇随棍上？

我不能妄猜他的本意，但委实并非善意。

然而，人家早就走了。就算没走，又能怎样？我只好抱起女儿，希望她不要像我这样敏感多疑，如此擅长吸取莫名其妙的负能量……

触到宝贝软软香香的脸蛋，我笑起来：哎呀，老毛病又犯了。如果我执迷不悟，她自会女承母业。好吧，赶紧念出那句咒语——

“如果太在意别人的看法，那你的生活将变成一条裤衩。别人放什么屁，你都得接着。”

我很快平静下来，和女儿在车子后座唱起歌来。

只是回家吃饱喝足休息够之后，我觉得有必要弄明白一下：我为什么如此讨厌那个男人呢？

因为我爸就是擅长批判的指责型人才，我已成典型性怕遭指责的惊弓之鸟？

因为从小学开始，每当我经过努力取得一些成绩，周围总有怪模怪样说风凉话的“小人”？

但是，这些还都是缘起的外在，决定应激模式的终究是自己的深层潜意识——当你讨厌一个人，最能说明一件事：其实，在心底某个深邃的秘密的犄角旮旯，你们很像。

“你厌恶的人，其实就是你自己。你讨厌的事，其实就是你自己思想的投影。”第一次看到这话时，我吓了一跳：怎么可能？但是……细想想，貌似也有点道理哦——如果今天上台的是别人家的小孩，我虽不至于羡慕嫉妒恨，但肯定不如小囧妞上台更令我兴奋吧。

这与那个男人的反应有什么根本性区别吗？唯一不同的或者是，我比他有涵养些，绝不会跳出来阻挡别人的欢喜。可说到底，人性的基底都是自私的，就算我自恋到以为有资格严以待人、宽以律己，不是摆明给自己添堵嘛。

此外，我敢打包票，那个跟我“如有雷同，并非巧合”的电梯男，如果听见别人闲话之，哪怕只是有口无心，就算不暴跳如雷，也必郁郁寡欢——起码在心底里。

我怎么知道？无他，推己及人尔。

自然，这种“讨厌”都是相互的。我曾经很不喜欢一位前同事，因为她太

“关注”我了，有事没事就四处嘀咕我的如此这般。我虽自诩一心向善，当然绝非无可指摘，因此格外气急败坏。

这人还偏好时时挤到我面前指手画脚。我只记得她夸过我一次——如果那算夸奖的话——那是我怀孕时，人胖了十几公斤，蓬蓬裙、小洋装一律下架，只能穿有弹性的宽松毛衣或披肩，基本不化妆，长发也剪短了。

就是在这样一个自觉很狼狈的时候，她似笑非笑地凑上来，当着大家的面说：“我觉得你现在这个样子，比以前好看多了。因为没有‘进攻性’。”

我低头看看自己的“大妈”样，无奈失笑。只恨不能或她或我，起码当场消失一个。

我对她来说有“进攻性”？其实我一心想躲她。可在同一个平台工作，多少一定会有交汇，但几乎每次都能接收她不友好的信号——包括她对我唯一的那次“夸奖”。自从我产后瘦身成功，就再没有获此殊荣。

不影响到公司业绩，老板自然不会上心这些琐事。渐渐只觉索然，为什么不能专注做好自己的事，非要盯着别人生是非呢?

老板笑道：“有人的地方就有江湖，哪里都一样。你在这里过不了这一关，逃掉了，在别处遇见又怎样？总是逃来逃去，还怎么做事？”

嗯，有理。遂决定再不愉快，也要直面这件事——无论如何，我都很感谢她的“真诚”：原来她不喜欢我，是因为觉得我威胁到了她的安全感。她一直笃定自己是这个地盘里最美丽、最能干的女人，而我的出现影响到了她的自我定位。当然，也包括一些虽涉嫌伧俗却也很实际的问题，比如升职。

换句话说，我们的自我定位很像：努力工作，好好扮靓，不断提升自我，同时还要做好主妇、好妈妈，争取“遇见最好的自己”——咦，初心很棒啊。我不是一直很欣赏这样的女人吗，就像欣赏我自己一样？难道只是叶公好龙？

叶公出糗是因为不了解真正的自己，我想我还是真心喜欢我的初衷的——那么就是缺乏信心了。一个信任自己的人，是不会轻易被“外人”搅乱心思的。

不管是谁先出招，总之是我们都乱了。与其说我们都不喜欢对方，不如说我们都不喜欢缺乏安全感的那部分自己。

“你终将成为你所讨厌的人。”这是令每个人胆寒的谶语。是的，如果一味将目光胶着在“讨厌的人或事”上，而不转头观察自己的内心，感受心底无论正面还是负面的能量流动，或许缓慢、然而执着地将有限能量正向定格，结局也只得如此吧。

想通这一点，我不再介意她发出的“挑衅”信息，而只是专注做好自己的事情。当然，能帮她的时候，我绝不袖手。渐渐地，我发现和她的交集越来越少。也许我们永远成不了朋友，但“讨厌”，这个甚至超过“喜欢”的强大粘结力，在我们之间越来越薄弱。

是的，我越来越清晰自己，相信自己——我和她从根本上已经不“相似”了。

我还曾讨厌：过分 PS 自拍照的网友、成天众人面前秀恩爱的夫妇、洋洋自得的“小三”熟人、无理搅三分的路人甲、永远“老娘第一”的自私女友、仰仗祖荫而不自知的所谓女强人，还有我秉性过分懦弱的妈妈……

哎呀，我好忙啊，忙得吃饭无心、睡眠受损、精神恍惚——好吧，我承认，我因此极不快乐。估计这些不仅被我的负能量粘附的人们，也都负担累累。

但现在，这种严重影响我身心静好的强烈情绪正逐渐淡化。因为我渐次明白，这些不过体现了：我自己的不够自信、心底有对情感关系无法掌控的焦虑、担心自身拥有资源被侵犯的恐惧、对自身能力缺乏认知的空洞……我所厌弃的，其实都是我自己。

那句话怎么说？嗯，每一个在生命中出现的人，都是上天派来度我们的佛。喜欢我们的人，给我们温暖和勇气；讨厌我们的人，给我们自省与成长。我们喜欢的人，让我们学会爱和自持；我们讨厌的人，教会我们宽容与尊重——谢谢你们，那些“讨厌的人”，谢谢你们引领我拥有对自己越来越了解、感恩的当下。

诚祈安好。

令自己更美的雕虫小技

有一回，一位知名男神主持人发了条类似“还是素颜最美”的微博，并特配他心目中的素颜女神玉照一张，结果遭到大家轰然嗤笑——那张照片上精心涂抹的“裸妆”是如此昭彰，连PS痕迹都如此明显，为毛男神一厢情愿咬定这是“一张清水脸”呢？呵，还不是因为她的妆面化得太完美了，令男人一见之下荷尔蒙飙升，同时智商骤降。

实话说，时至今日，我仍对“穿着打扮”“涂脂抹粉”等字样心怀一丝忐忑。因为在我的整个成长期，老爸曾因此再三对我严词鞭挞。说也奇怪，他女儿又不是天生丽质，他哪里来的勇气，非令她敝服素颜不可呢？

你看，再没有比童年伤害与赘肉，对我们更忠心耿耿的了。

我觉得这些纠结源自男女间永远掰扯不清的误会——大约因为谁也没打算真正了解谁。话说有一回，一位知名男神主持人发了条类似“还是素颜最美”的微博，并特配他心目中的素颜女神玉照一张，结果遭到大家轰然嗤笑——照片上精心涂抹的“裸妆”是如此昭彰，连PS痕迹都如此明显，为毛男神一厢情愿咬定这是“一张清水脸”呢？呵，还不是因为她的妆面化得太完美了，令男人一见之下荷尔蒙飙升，同时智商骤降。

有一阵子，我们杂志四处搜罗“圈子里的意见领袖”。意思就是在朋友圈里某一方面，比方家居设计，比方美食烹饪，比方时装搭配，比方美妆技巧——拥有公认权威感，引得大伙纷纷效仿、求教之徒。我虽不才，在“花猫绿狗”界确实有一套，周边歆羡这一风格的朋友纷纷以姐马首是瞻。所以呢，如果你也喜欢，或者筹谋借鉴这方面的元素，那相信姐，没错的。

以下是姐的吐血分享，无他，只希望你以为自己美丽而有力。无论这世界怎么企图踩你，你都有本领使它明白：起码在眼前这一亩三分地，你才是你的女王。

①洗护发

之所以把洗护发放在首位，是由于我在这方面做得太糟，因为我一度为自己的头发自卑。

天生细软发质，恨不能十根头发攒一块儿只顶人家一根粗。几乎每次去美发店，都会被美发师抱怨说：“你头发怎么这么少？真不好打理。”好似非如此，断不能脱掉他技艺平庸的罪责。偶尔有个把内涵型美发师不予评点，我都好生感激。

容易打理我会付你这样高昂费用？没本事还抱怨。下回谁再置喙我一定大声反击：“请问你能搞定吗？不行换人。”我相信，说出这话时分，就是我与我的头发，还有我自己，握手言和的时刻。

细软发质通常还伴有敏感头皮。久病成医，我换过的洗护发产品少说也有数十种，除了在香港莎莎买的记不清名字的某种，其他好感型洗护产品有——

卡诗纤弱发质洗护系列。
欧舒丹草本精华洗发系列。
阿瓦隆有机生物素维他命B群防脱发系列。
契尔氏氨基酸洗护发系列。
THE BODY SHOP红松果瓜拉纳丰盈洗护系列。

这些产品我使用后均头皮安详，发丝清亮，发量飙升——请注意，我推荐的只是针对“纤弱发质”的洗护产品。另外，刚生完宝宝重返职场那段时间，因为压力翻倍及激素水平动荡，头皮极度敏感，头屑纷纭，脱发严重，全仗卡诗晚间舒缓修护液、卡诗活力胶结物精华液和卡诗头皮护理育发液聊慰身心。

话说它们清悦的味道和柔和的手感真能令人即刻放松——放松一刻值千金，所以虽然价格不菲，也只好乖乖买单。

②身体乳

劳顿整日，氤氲香气中，手指轻柔地抚过身体的每个角落……绝对堪称一种灵魂的抚慰。所以有时累了，宁可忽略面霜，也一定不放弃身体乳。尤其在干燥的北方，洗完澡不涂身体乳的女人，都是女汉子。

个人优选身体乳有——

伊丽莎白·雅顿的绿茶、红茶身体乳霜，触感丰柔，香味清爽，价格不恶。如果有约会或派对，“含香水的”倩碧 HAPPY 香氛身体乳会使你即刻变身香草美人。

适逢肌肤敏感期，就只好选用完全无香型的丝塔芙保湿身体乳了，百来元好大一罐，健康又润泽，连孕妇都适用。

想要兼塑腰腹部线条？个人觉得该功能基本隶属商家扯淡，“将产品绕肚脐顺时针按摩 30 圈，再逆时针按摩 30 圈”——与其说是产品有用，不如说是每天按摩的功效吧。

在日本旅行时，将自带的身体乳落在上一家酒店了，只好临时冲进一家欧舒丹专卖店，随手抓了瓶身体乳。谁知这款名为欧舒丹松弛身体乳的产品从气味到手感实在迷人，令人如沐清晨花园，遂一直沿用至今，其清爽质地更适合春夏。此外，我在怀孕期间用掉好几瓶著名的娇韵诗身体调和护理油，和据说颇受贝嫂青睐的米欧（MIO）防纹未然腹部按摩油，不知是否因此，虽然孕期增重可怖，但确是一丝妊娠纹也没有长呢。

③眼霜

在护肤品中，我最舍得花钱的是眼霜。我会常网购衣服，但很少网购护肤品，是因为多次调查显示，网购护肤品九成以上是水货。

董卿说，她一直在用自己买得起的最贵的护肤品。这是对的，钱是身外之物，肌肤却是自身血脉。不过，因为绝大多数护肤品的所谓“专利高科技功效”都是商家炒作，于是同样一笔钱，我宁可用在旅行上，但在眼霜上我却很少吝钱。

第一瓶眼霜是倩碧的，因为当时年纪小，基本没什么眼部肌肤问题，所以对其保湿、提亮效用很是满意，连用好几瓶。后来听同事说雅诗兰黛小棕瓶眼部精华露不错，谁知我用了过敏，已经开瓶不好意思再送人，生生给搁过期了。

后来又用过HR赫莲娜的VC眼霜和胶原蛋白眼霜，雅诗兰黛的白金眼霜，资生堂的盼丽风姿眼霜、悦薇眼霜、百优眼霜，欧舒丹的蜡菊眼霜，SISLEY的眼唇霜，碧欧泉的活泉亮眼滚珠精华，契尔氏的牛油果眼霜，伊丽莎白·雅顿的时空眼部精华胶囊，进中国不久的FRESH馥蕾诗古源眼霜……其中价格近千元到千余元的就占一半。当然，便宜而口碑好的比如THE BODY SHOP的VE眼霜、接骨木眼胶和欧莱雅的双重精华眼霜我也都试过。

如此鸡贼的人，为什么在眼霜上这般？嗳，我就招了吧：实践证明，眼霜功效与价格基本是成正比的。

不得不承认，我用过的效果最优眼霜是LAMER海蓝之谜。在台北，看见LAMER紧致焕彩眼霜只售人民币1200余元，当即拿下——在内地专柜标价是2000元。相比而言，国内标价1200多元的SISLEY眼唇霜效果却平常，偏干，倒是它家的瞬间紧致眼膜不负口碑，出门赴约前涂上，保留十分钟用纸巾按掉，救急效果令人欣慰。

④保湿霜

我从来不在美白、祛斑、缩毛孔之类的护肤品上花一分钱。因为很早以前，一位药学博士后女友就谆谆告诫我："除了保湿、防晒，其他功效都是商家杜撰的心灵安慰剂。"

作为敏感肌肤中的战斗机，我对面霜最强烈的诉求就是别让我过敏，假如再能保保湿，那简直是神赐恩物了。这些年来，倩碧、雅漾、理肤泉、薇姿、兰蔻、雅诗兰黛、FRESH 馥蕾诗、碧欧泉……一溜烟试下来，最后留住我的居然是英国亲民品牌 THE BODY SHOP 的无香型芦荟系列日晚霜，即使在过敏最严重的时候涂上，也觉得够温和，且润而不腻。

与之的结缘也很有趣，那是在马来西亚的云顶赌城，因为强烈日晒兼吃海鲜且休息不好，我脸部肌肤再次陷入"猪头噩梦"。偶然踅进一家 THE BODY SHOP，专柜小姐立马向我推荐了这款。从此连号称"烫伤肌肤专用"的 FRESH 馥蕾诗古源修护面霜都要退位——它的价格只是后者的十分之一。

⑤精华液

精华液位居我最舍得花钱的护肤品第二项，因为据说这是商家最舍得投钱研发的项目。

兰蔻、雅诗兰黛、倩碧、HR、SK-Ⅱ等都给它们的当家（也就是最贵）精华素取了亲切的小名：小黑瓶、小棕瓶、小白瓶、小绿瓶、小红瓶……实用效果居然多半立竿见影。当然最令我欢喜的，还是除了雅诗兰黛的小棕瓶以外，它们用起来大多不过敏。

其他精华素心头好还有：碧欧泉温泉水精华素，兰蔻水分缘舒缓精华液，莱珀妮 La Prairie 鱼子保湿精华液——好吧，还是以保湿为主。不过 SISLEY 全能乳液确实不负“纯植物、全效能”美誉，我这超敏感干皮涂了也丝毫不觉刺激。更开心的是，在巴黎买才合九百多元人民币，在国内可是 1680 元，据说还要涨价。

⑥手霜

曾经对手霜不甚感冒，因为我不喜欢自己的手形。但随着看自己哪儿哪儿都越来越顺眼——比 21 岁时瞧着顺眼得多——我也开始在包包、书桌、枕边、玄关等各处都放手霜，以便随时取用。

就性价比而言，最佳手霜的桂冠无疑是露得清保湿护手霜，半透明凝霜，无香健康，滋润不油腻。个人最喜用的是茱莉蔻玫瑰手霜，不油而泽，玫瑰香气实在清雅宜心。欧舒丹一套 6 支、每支 30ml 的手霜套装香气各不同，很适合心情转换，实为居家旅行馈赠亲友之佳品。

⑦化妆水

连护肤专家都出来吐槽，说化妆水不宜耗资太糜，因为就其售价而言，功效实在有限。

敏感肌肤最喜的化妆水自然是各种保湿喷雾，从薇姿到理肤泉到雅漾到依泉，试过不下十几种号称适合敏感肌肤的喷雾，最后不买就会死的却是其中价格最亲民的依云喷雾，它的镇定肌肤功效绝不是乱盖的。

不知 SK-Ⅱ神仙水该纳入精华还是化妆水范畴，但确实亮肤效果明显。虽然有人说它可能含激素，但一周用那么两三回应该不碍事。

⑧面膜

其实，在面膜上我没啥发言权，因为不让我过敏的面膜很少。经常朋友推荐的据说效果神奇的面膜，我一沾脸立马红肿如猪头。所以只能说说令我不过敏的区区几种。

兰蔻水分缘面膜、碧欧泉温泉水精华面膜、玉兰油保湿面膜、SK-Ⅱ酵素水润面膜——好吧，经过大浪淘沙，我能用的面膜也就这几种。胜在面膜功效体现在需常敷，一周三回以上坚持在家敷，比两周去一回美容院敷效果要好得多。

眼膜也是每个企图与岁月交好的女人不可或缺的基本配置。之前自称日本品牌的娥佩兰有一款灵芝眼贴膜，贴上后冰凉紧致，揭下后肌肤光润，比实则日本品牌的 DHC 同类眼贴膜效果好 N 倍，但不知为何后来绝产了。害得我现在只能随便贴贴日本久光 Q10 眼贴膜，曼秀雷敦肌研紧致眼贴膜，ZA 睛采亮眼眼贴膜，如果要出席活动就来一帖 SK-Ⅱ——它们最伟大之处就是不会令我过敏，至于效果，就当保保湿吧。

⑨粉底

粉底是继眼霜、精华液之外，我在护肤品方面第三项较大开支。

为什么？呵，连《来自星星的你》里大韩国民女神千颂伊出场，都要令化妆师拿粉扑狠狠地往脸上拍粉底，“务必要让每个毛孔都滴出水来，就是趴在我脸上看，都以为我没有化妆。”

哗，这得有多么美……多么难。反正我也算试过市面上口碑生猛的十数种粉底，还真没有一种能达到千女神要求……的一半。

直到和一位专门去学了韩式化妆的女友聊天，才知道人家老师嘱咐了，光“打粉底”就要 40 分钟起。而且确凿是“打”，先用海绵块，后来就真上手噼噼啪啪拍了，“要让粉底渗进毛孔去”——现在你知道为什么韩剧中无论男女老少皮肤都显得那么光润无瑕了吧。

我的粉底生涯也是由倩碧开始的，大约那会儿实在年轻，涂不涂两可，除了经常水油分离，觉得倩碧粉底效果实在不坏。后来就不行了，涂或不涂粉底，实在天上人间。于是经过比较，从了明星化妆师人人首推的阿玛尼粉底液。好在由于皮肤偏干，从不用粉饼，也算省了笔开销。

⑩胭脂与唇膏

说起来其实挺糗的——本人涂胭脂的日子，比不涂时分，艳遇要多一倍。

怎样，你会因此妥协吗？反正我屈服了，化妆包从此又肥一寸。

相对于胭脂粉，干皮无疑更适合胭脂膏。个人试过不错的胭脂膏是 Bobbi Brown 和韩国平价品牌爱丽小屋。也许后者效果更佳，因为它家的颜色更粉嫩青春。

Benefit 的胭脂水很出名，我试过却效果一般。因为是液体，分量很难掌握，涂少了没有效果，涂多了实在很三仙姑。而且时效较短，一忽儿就“吃”进皮肤里了。

唇膏更是女人的战斗利器。相对于欧美系，我更喜欢日韩系，因为它们的质地更细腻，色彩更萝莉。千万不要小看唇膏的力量，曾有位学兄赞我“更漂亮了”，不过是我将惯用的雅诗兰黛紫粉色系唇膏，换成了男性更易接受的资生堂海棠红而已。

是的，我丝毫不以为将如上器械高价配备齐整，就必是一个美人了，如果你每天熬夜、失恋崩溃，且年均读不到五本书的话，那你用再多化妆品也于事无补。何况嗜欲深者天机浅，太过沉迷于外物，内里难免轻浮脆弱。

但是，如果连如上区区小技都不肯为自己实施，那么，甭管嘴有多硬，你心底里实在是不耐烦自己的——放心，大家伙会如你所愿，跟着你一起嫌乎你哦。

这就是我想要的生活

仿佛上帝给我开一扇窗，我老人家就一脸不耐烦，啪地关上曰："这个太小。"再开一扇——"这个太高。"又开一扇——"这个太窄。""这个用料不精。""这个颜色艳俗。""这个居然是八角形？亏你怎么想。"……我与上帝都累得直呼哧，大眼小眼相顾无言，泪千行。

周六，轻霾，三里屯 Village，四个女人的下午茶。

有的说："真想回到 18 岁——不，16 岁，宁可不要当下一切，包括劳什子智慧。"

有的说："只想即刻老去，开始丰盛退休生活，参加老年合唱团，侍花弄草，含饴弄孙，去扭大秧歌，环游世界……"

有的说："上班如上坟，可不上班又怕孤清……"

我嘿嘿三声："我可是今时她妈（注：我女儿名"今时"）——今时，就是我想要的生活。"

没错，我当场就遭到鄙视。是啊，好酸。但是，现代人为什么这样怕酸？难不成是因为心神筋骨越发脆弱？

亲，这可是我撞断九扇南墙、与十八头倔牛为敌，乃至与初心形同陌路后，别无选择的选择。

其实，曾经呢，我和你一样，是“这不是我想要的生活”的死忠。

啧，多酷的一句话。我与它可谓一见钟情。它充分表达了本人高贵的自我认知，以及贼心不死的远大理想。呃，还有对当下浮皮潦草日子的不耐烦，以及对前方茫茫路途的纠结——很多年来，这句话都像良心爆棚的狗皮膏药，恶狠狠攫住我走马观花、呼啸而过的仓促人生。

想想看……嗯，我头一回与这话发生恋爱，是在高中。

每天早上 7 点到校，不到晚上 9 点，学校大门是不会为我们开放的。没有周末，当然。回家还要强打精神继续做卷子，直做得十指跟窗外夜空一般墨墨黑。我疑心连带脑汁和心血也都墨墨黑。这当然不是我想要的生活。

终于迷迷瞪瞪进了一所我爸指定的同城大学。跟 90% 以上的新生一样，我不由得大呼上当——这大学生活，也不过就是上课、下课、吃饭、睡觉、考试。如果说跟高中有啥区别，就是放风的时间多了些。可惜对于缺少放风经验的我们来说，真不知该做些什么才能令心底哪怕略微静好。

好在凭借还算标准的普通话，和儿时的一点朗诵底子，我很快忙起来。演讲、朗诵、播音、主持、艺术体操比赛、时装表演……直忙得脚步踉跄、头晕眼花。

大夫诊断我得了“植物神经紊乱”。我以为是太累了，后来我才知道，父母对我的初恋男友——亦即我本人的绝然否认乃至恶语相向，才是我生病的根本缘由。

嗳，居然传说中一生中最美丽的大学时光也不是我想要的生活，真是走投无路。

好不容易毕业，阴差阳错进了一家离家超近、据说待遇不坏的大型央企。实话说，我完全不知道可以在这里做点什么。专业原本就是我爸圈选的，这家公司难得也是我爸首肯的。我只是代表父母每天按时出现在这里，并且一分钟也不耽搁地准时下班。

作为一名新鲜女员工，除了陪酒卖笑，这里似乎也不需要我大有作为。然而我颇不擅长这些。偷偷去一家知名外资广告公司应聘，在四百多人中被唯一录用。但是，跟大学时试图勤工俭学时一样，我爸满脸鄙夷地道：“好好上班，你就别给我丢脸了。”

我只好抓住一切可能的时间偷偷写字，这是我唯一可以自主的世界。下班写上班也写，晚上写早上也写。写了一年多，在本埠渐有名气。我终于辞掉了那该死的公职，在近千人中以笔试第二名的成绩考入一家报社。

那个秋天，我很得意地将新名片四处发放。虽然并不知前途如何，但起码彼时我很是沉浸于“专业文字工作者”的崭新身份带来的挑战与兴奋中……所谓美梦成真，不过如此吧？

可惜另外的问题很快浮现，那家报社离家实在太远。且每周只有一天假期不说，每周还有一天务必要加班到凌晨，令我基本没有时间写作。而且地儿不大，要打理的人际关系却不少——这是我的软肋，仅此一条，我当即断定：这也不是我想要的生活。

我想要的生活，究竟是什么呢？我忙啊，哪有时间多想——提起箱子我就去了北京。

我喜欢北京，但我竟为什么一直没有去呢？原因很简单：除了我自己，周围的人没有一个表示过不反对。我爸依旧宛若满嘴发智齿，牙花子嘬得吱吱响：“你去那里，能干什么呢？”仿佛我是即将被祭给河伯的倒霉丫头。

落地北京的那个早上，阳光明媚，很适合召开妇女大会。所以我进了一家妇女类时尚杂志。

工作压力当然很大，但我当时很轴，为着一个区区 3P 的采访，能耗时好几个工作日，自费好几百元（包括去酒店打车来回，没办法，我不认识路）。虽然就付出而言，这份工作薪水不高（比我每个月的稿费还要低），但严歌苓、池莉、费翔、张曼玉……我的采访对象都是我曾经的偶像啊，这在二线城市是不可想象的。

经常写一夜稿，第二天一早赶去上班。说不累是假的，好几次在地铁上睡着坐过站，可是我仍然很快乐。何况杂志社位于核心商业区，下班可以去逛东方广场、百盛、SOGO、太平洋百货……衣橱里渐渐挂满美丽的新衣。加之办公室的姑娘们，从老板到同事个个聪明、美丽、人品好——我觉得自己就像个掉进猪油堆里的饿汉。

差不多，这就是我想要的生活了吧？问题在于，新问题永远阴魂不散：工作似乎只是在不断重复，当然还会遇见无事生非、事倍功半。不必天天坐班本是好事，但有时候感觉家里好静，真是太静了，一肚子话却不知向谁说……并且我穿那么美丽的裙子，真正甘愿给谁看呢？

只好，又是好一通奔忙……

按说我要求也不算太高……吧？有套南北通透的房，不必豪宅；有辆品性良好的车，可以自驾游；有个人品不坏的老公，别彼此疑憎；有个健康孩子，平安就好……当然，一家人每年出去旅行几回、有钱有闲每周做做SPA更佳。

可是，当上天恩宥，居然允我这样的生活，为什么我又有了新的忧惧：为了照顾宝宝我们接来了婆婆，还新雇了一位阿姨——嗳，要是家里能多两间房就好了。

老公实在有点太实在了，想听句“PS过的好话”难乎其难。
婆婆来帮把手固然是好事，但从吃饭口味到思维方式完全不同啊。
宝宝自然带来无限乐趣，但未免也太黏人了吧……

嗳，这不是我想要的——话到口边我犹疑了一下。虽然也算实话，但确实太老熟套子了，真还有点不好意思说出口。

如果继续玩“给日子找 bug”游戏，作为熟手，我在半小时内找出起码二三十个绝对不成问题。亲，你呢？但是，就不说有没有意思，关键是累不累啊？

反正我是累惨了。不，累残了。仿佛上帝给我开一扇窗，我老人家就一脸不耐烦，啪地关上曰：“这个太小。”再开一扇——“这个太高。”又开一扇——“这个太窄。”

“这个用料不精。”“这个颜色艳俗。”“这个居然是八角形？亏你怎么想。”……我与上帝都累得直呼哧，大眼小眼相顾无言，泪千行。

得亏人家是神仙有涵养，不然掉头而去，训诫道：“你这种人就不配有窗户，黑咕隆咚且待着吧您。”我又能有什么脾气不成？

呵，也是——

禁足般的高中生活虽然枯燥，其实也挺好玩的。那时候，无论吃多少都不会胖，一夜不睡也没有黑眼圈。大家笑点都低，随便一个小段子就都笑得跟烧麦似的。就算笑成烧麦，每一道褶子都会瞬间反弹。嗯，也只有那时候才会收到密密麻麻写满自己名字的情书，有心情嗅遍校园里每一朵花香。

若不是父母反对，也许大学里的所谓初恋会更早结束吧。现在想想，我与他的理念还真不大合拍。

如果不是曾被严厉压抑，我也不会这样泼命似的执着于文字吧，也就不会在偌大帝都寻得一席之地至今。

从前在那家报社的日子固然辛苦，但如果没有那段“媒体从业经验”，我又怎么可能在北京顺利入职?

我是后来才知道，很多“北漂”都是吃过不少苦的。这才开始感恩上天的安排——假如早些年毫无经济基础就跑来，我多半也得住地下室，每天在招聘网站慌不择路。但当时，我住在谭嗣同故居旁的二室一厅。一直为其撰稿的女性杂志听见我来京，立刻让我前去报到。

单身一个人打拼的日子虽然不易，但独处时光实在可爱：做做瑜伽，敷敷面膜，想吃就吃，想不吃就不吃，倦了来一场说走就走的旅行……还可安然接受男士们的殷勤。若不是那段无羁时光，我断不能安身于当下的“不自由”。

至于当下——每天早晨打开房门，不再有晨醒音乐和心爱香薰萦绕，而是吵吵嚷嚷围住一家老小？亲爱的，自从相遇的那一天，我们就已开始为分别倒计时了，而此刻你们都安在，我该如何表达我的涕零感激?

工作繁重，想要达成理想意愿貌似不可能？谢天谢地，我还保有尝试的勇气和力气。那句话怎么说？“还好没被生活埋葬，还好保持匹夫之勇。”

我辞职的时候，丈夫说："你尽管做自己喜欢的事情去吧。"看在这句话的份上，我决定无视他味道喷薄的鞋子，并为他熨烫皱巴巴的衬衫。

我的意思是说："亲，如果不是错走房间，你待的屋子确实是属于你的，就不要为显示所谓逼格，而百般挑剔窗户的大小、位置、材质、色泽了。这不是妥协，是包容。与其说是对命运的，不如说是对自己的……"哎呀，对不起，宝宝又哭了，我得赶紧去哄了。

没错，我从没有这样坚定过：这，就是我想要的生活。